FAHRENHEIT

# Lichterloh

SOFIE LAGUNA

ROMAN

Aus dem Englischen von **Sabine Roth**

FAHRENHEIT

Mehr über unsere Autoren und Bücher:
www.fahrenheit-verlag.de

Die Originalausgabe erschien 2008 unter dem Titel
»One Foot Wrong« bei Allen & Unwin, Australien.

Die Zitate aus *Lord of the Dance* von Sydney B. Carter und
*Morning has Broken* von Eleanor Farjean wurden mit
freundlicher Genehmigung der Rechteinhaber abgedruckt.

Die Arbeit der Übersetzerin an diesem Buch wurde durch ein
Stipendium des Deutschen Übersetzerfonds e.V. gefördert.

FSC
Mix
Produktgruppe aus vorbildlich bewirtschafteten
Wäldern und anderen kontrollierten Herkünften
www.fsc.org Zert.-Nr. GFA-COC-1223
© 1996 Forest Stewardship Council

ISBN 978-3-940813-14-5

Umschlaggestaltung: Gregor Ade,
unter Verwendung einer Fotografie von Billy & Hells
Lektorat: Karen Nölle
Gesetzt aus der Slimbach Medium
Satz: BuchHaus Robert Gigler, München
Druck und Bindung: CPI – Clausen & Bosse, Leck
Printed in Germany

Es ist ein Löwe auf dem Wege, ein Löwe auf den Gassen.

*Sprüche 26, 13*

Ich schlief an den Füßen von Stiefel und Sack. Mein kleines Bett stand quer vor ihrem großen. Wenn ich nachts den Kopf drehte und der Mond hereinschien, sah ich gleich vor meinem Gesicht den Hügel von Stiefels Füßen. Sacks Füße konnte ich nicht sehen, aber ich wusste, dass sie da waren – schuhelos, zur Seite gekippt, schlafend.

Jeden Abend drückte Sack mich auf die Matratze und stopfte die Decke um mich fest. »Schön still liegen, Hester, nicht mucksen, nicht zappeln.« Jeden Abend lag ich auf dem Rücken und sah durch die Dunkelheit zu der Wolke aus grauer Farbe hoch, zu ihren Rissen wie zwei Flügel und zu dem weißen Vorhang, der manchmal wehte.

Katze war da, und zusammen warteten wir auf den Vogeltraum. In Katzes Vogeltraum duckte sie sich im hohen Gras, jagte los und sprang. In meinem Vogeltraum war alles weiß, ohne Wände. Vogel sang und flog, und ich mit. Dann war Vogel auf einmal ganz viele Vögel. Alles an mir schwirrte mit den vielen Vögeln – Finger, Haare, Zehen, alles wirbelte und schwirrte in Vogelkreisen. Was war ich und was war Vogel?

Ein Geheimnis macht kein Geräusch; es wohnt in deinem dunkelsten Winkel, und da sitzt es und wartet. Manchmal hüpft es ein bisschen oder zappelt, aber die meiste Zeit wartet es, so wie die Spinne auf die Fliege wartet. Ein Geheimnis wird immer dicker, wie das Nest aus Spinnweben, das die Spinne um die Fliege baut, wenn sie sie in der Falle hat. Fliege kann nicht atmen dort drin, nicht riechen – ihre Welt klebt ihr im Gesicht, klein wie Flieges zwei Augen.

Ich saß bei Katze auf dem Boden. Katze kugelte sich auf den Rücken, dann sprang sie nach der gelben Wolle. Ich zog sie ihr weg, sie sprang wieder. Sie warf sich in der Luft herum und schlug einen Haken. Sie sauste unter den Tisch, sauste zu mir zurück. Sack nähte, ihr Fuß tippte auf den Boden, *tipp tipp tipp*, die Nadel piekste den weißen Stoff, *piks piks piks*. Ein Kribbeln wuchs in mir.

Gelbe Wolle wickelte sich um Katzes schwarze Pfoten; Katze rollte sich auf den Rücken, Wolle wickelte sich ihr um den Bauch. Rund und rund wickelte sie sich, bis Katze ein gelbes Knäuel war. Mit jeder Bewegung, die sie machte, verknotete sie sich mehr. Katze spielte wie die Kinder in meiner Bilderbibel, die zu Jesu Füßen spielten, als er über den Marktplatz ging.

Das Kribbeln in mir wuchs und wuchs; es stupste mir gegen die Nase, den Mund und wollte nach draußen. Katze sprang und schmiss sich herum und kullerte gegen mich. Mein Mund war fest zu; ich hielt das Kitzellachen in mir eingesperrt, weil ich wusste, sonst setzte es was. Katze sprang mir auf den Schoß, und da platzte das Lachen aus mir heraus, wie ein Niesen von den Zehen aufwärts.

Ich lachte über Katze, über dieses glänzende schwarz-graue Katzentier, das sich hin und her schmiss in seinem gelben Wollnetz. Ich lachte und lachte. Ich konnte nicht aufhören. Alles, was mir zu den Augen hereinkam, kitzelte mich innen drin und machte mein Lachen noch lauter. Mein Lachen schüttelte mich. Sack sprang aus ihrem Nähstuhl auf, dass ihr die Schere vom Knie flog, packte mein Kinn mit ihren harten Nähfingern, bog mein Gesicht von einer Seite auf die andere und bohrte ihre beiden blauen Augen in meine.

»Du mit deinem Satanslachen! In dir steckt ein Teufel, ich schwör's!« Das Lachen schlüpfte aus mir heraus und in ihre Finger, die mein Kinn hielten. Danach konnte ich es nicht mehr hören; es hatte sich irgendwo in Sack versteckt. Mit dem Lachen war es dasselbe wie mit dem Weinen; hinterher war man leer wie Luft.

*Ein Teufel in mir* ... Steckt er in dem langen Knochen hinten in meinem Rücken? Sitzt er da, wo das Lachen auch sitzt? Irgendwo tief in mir drin, an einer Stelle, wo man mit den Fingern nicht hinkommt?

Sack sagte: »Wenn du größer bist, kannst du das leere Zimmer haben, da bist du für dich.«

»Wann ist das?«, fragte ich sie.

»Wenn ich es sage«, antwortete sie. Ich ging in das leere Zimmer, das meins sein würde, wenn Sack es mir sagte, und setzte mich auf den Boden. Katze kam auch mit. Das Zimmer war nicht mehr leer – Hester war jetzt drin, und Katze. Wie viele Male mussten sich die Zeiger an der Küchenuhr überm Herd noch um das Zifferblatt drehen, bevor Sack es mir sagte?

Stiefel sah mich in dem Zimmer sitzen. »Du weißt ganz genau, dass das nicht erlaubt ist!«

Sack hörte ihn und kam hochgerannt, fauchend wie Katze, wenn sie nicht rauskann. »Leg's nicht drauf an, junge Dame, ich sag's dir!« Sie gab mir eine Ohrfeige. In meinem Kopf fing eine Glocke zu schlagen an, je mehr ich lauschte, desto lauter schlug sie, bis es ein richtiges Lied war, ein Lied aus Worten und Glockenschlägen. Kein Lied aus Sacks Radiokasten, kein Lied, das Sack je gehört hatte. Ich musste lächeln: es war ein Geheimlied für mich allein.

Ich saß und saß, und ich aß, was auf den Tisch kam. Hühnerbeine, Haferflocken mit Milch, Schweinefleisch mit Mais, Brot mit Öl. Mit den Hühnerbeinen hatte mal ein Huhn herumgescharrt.

»Warum hat es aufgehört zu scharren?«, fragte ich Stiefel, als er das Fleisch herunterschnitt. Sack war noch in der Kammer, Wäsche legen.

Stiefel tätschelte mir den Kopf. »Schicksal«, sagte er. Das Öl machte das Brot schwer. Ich schubste es mit meiner spitzen Gabel.

Sack kam herein. »Essen ist nicht zum Spielen da, Hester, iss auf. John, das Feuer braucht Holz.« Stiefel ging aus der Küche. Ich steckte das Brot in den Mund, aber ich konnte es nicht kauen. Zähne und Zunge sagten nein. Das schwere Brot saß überall. Ich konnte nicht schlucken. Sack stand da und wartete, dass das Brot in Hesters Bauch wanderte, aber es wollte nicht. Es saß fest.

»Schluck runter.« Ich konnte nirgends hinschauen als in Sacks Gesicht. Alles andere war voll mit Brot. »Was soll das, Hester? Du sollst aufessen, hab ich gesagt.« Sack hatte zwei blaue Augen mit einem rosa Fleck unter dem einen, der aussah wie eine kleine Spinne mit drei Beinen. Die rosa Spinne glühte, während Sack uns belauerte, mich und das steckengebliebene, wütende Brot. Plötzlich war ihre Hand da und bohrte und schob an dem Brot. »Du bist doch sonst so gierig, hast mir alles genommen!« Ihr Finger krallte nach meinen Backeninnenseiten wie Katzes Klauen nach dem Teppich.

Sack schob das wütende Brot mit den Fingern hinunter. Ich bekam keine Luft an dem Brot und den Fingern vorbei. Das wütende Brot füllte die Küche mit Geschrei *nein-nein-nein!* Stiefel kam wieder in die Küche gerannt. Er riss Sack zurück und hielt sie an den Schultern fest. Die rosa Spinne unter ihrem Auge kreiselte wie wild. Sack zitterte. Geh nach oben, sagte Stiefel zu ihr, leg dich ein bisschen hin. Er gab mir Wasser. Ich trank das Wasser. »Tut mir leid, aber du musst sitzen bleiben, bis dein Teller leer ist«, sagte Stiefel. Ich schmeckte Blut.

Ich lag auf dem Dielenboden und fuhr mit den Fingern die dunklen Bretterritzen entlang. Sack in der Waschküche zählte Stiefel auf, was er alles verkehrt machte. Die Worte von Stiefels Antwort konnte ich nicht verstehen, nur seinen weichen Ton. Er wollte, dass Sack still war. Sacks Stimme war ein dünner Faden, die von Stiefel nass wie der Eimer mit dem Tropfwasser.

»Hester, komm her.« Jemand rief nach mir. Ich stand auf und lief in die Küche.

Der Faden von Sacks Stimme wurde dünner und dunkler. »Wie oft muss ich dich noch bitten? Es ist immer dasselbe mit dir!«

Der runde Türknauf an der Hintertür sagte: »Dreh mich.« Es war Knauf, der mich gerufen hatte. »Dreh mich, Hester«, sagte er noch einmal.

Sacks Stimme redete weiter. »Was soll ich bloß mit dir machen?«

Ins *Freie* gehen war verboten, weil einem da keine Wände und kein Dach sagten, wo Schluss war. Stiefel konnte hingehen, um Holz zu hacken, Sack konnte hingehen, um Wäsche aufzuhängen, aber nicht Hester, die eine Missgeburt war und zu spät geboren. Ich kannte das Freie nur durchs Fenster. Jedes Mal, wenn die Vorhänge in der Wäsche waren, kletterte ich auf die Sofalehne, machte mich auf ihr lang wie Katze in einem Sonnenfleck und schaute ins Freie, während die Vorhänge in der Waschküche gewalkt wurden. Ins Freie sehen konnte man nur zum Rubbeln von Sacks harter Wurzelbürste auf den Vorhängen, *rrrbbb, rrrbbb, rrrbbb*. Danach sah ich zu, wie Sack sie im Weidenkorb ins Freie trug und aufhängte. Katze sah auch zu, blinzelnd an meiner Seite. Die Vorhänge hingen auf der Leine wie dicke braune Mauern und schaukelten im Wind hin und her. Ich wollte noch mehr vom Freien sehen, deshalb stieg ich vom Sofa herunter und drückte meine Nase an das Glas. Ich versuchte um die Ecke zu schauen, aber die Mauern von Cott Road Eins waren im Weg.

Jetzt war Sack nicht in der Waschküche, Vorhänge walken, sie hatte Stiefel mitgenommen ins Wohnzimmer. »Wie oft noch, John? Warum ist es immer dasselbe?«

»Dreh mich, Hester«, sagte Knauf. Ich ging einen Schritt näher. »Ich bin dein Freund, dreh mich.«

»Was ist ein Freund?«, fragte ich ihn.

»Ein Freund schenkt dir Bilder«, sagte er. Ich streckte die Hand aus und drehte ihn. Die Hintertür sprang auf, und ich ging durch. Vor mir lag die verbotene Welt mit einem Baum darin.

Ich stieg hinunter in das hohe grüne Gras. Es kratzte meine Beine da, wo die Strümpfe aufhörten. Der Baum war ein anderer als der bei Jesus im Paradies. Er hatte keine Blätter, und er ging in alle Richtungen, genau wie die Flammen von dem Feuer im roten Holzofen. Als hätten die Flammen aufgehört zu flackern und wären Baum geworden. Baum reckte sich hoch, so wie Hester sich nach dem Türknauf gereckt hatte. All seine vielen Flammenfinger reckte er. Ich sah ihnen hinterher, hoch, hoch in den Himmel hinauf. Welchen Knauf wollte Baum drehen? Welche Tür wollte Baum aufbekommen?

Die Sonne brannte mir heiß ins Gesicht. Der Himmel da oben war das Haus der Sonne. Die Sonne war dabei, als Jesus in seinem weißen Kleid am fünften Tag auferstand. Zwei Damen, die auf dem Weg zum Einkaufen waren, sahen es auch. Jesus wollte dahin, wo Baum hinwollte. Baum wollte die Tür zum Haus der Sonne aufmachen! Ich stand da und schaute, bis aus meinen brennenden Augen Wassertropfen liefen.

Ich ging auf die andere Seite. An der Leine baumelten Socken ohne Füße drin und Hosen, in denen keine Beine steckten. Stiefels Hemden hingen falsch rum an ihren Ärmeln. Keine Hände, kein Körper oder Hals von Stiefel darin. Stiefels Hände, Körper und Hals waren in der Küche und bekamen Schimpfe von Sack. Ich hörte noch immer den schwarzen Faden von Sacks Worten. »Du hast nicht geschaut, nie machst du deine Augen auf!« Die Hemden schwenkten ihre leeren Ärmel im Wind.

Durch das kratzige Gras ging ich zu Baum. Ich berührte den Stamm und hielt mein Ohr daran. »Hester … hübsche … schöne

Hester ...« Das waren die Worte aus dem Holz von Baum; er schickte sie geradewegs durch die Tunnel meiner Ohren dahin, wo die Botschaften hingehörten. Ich drückte die Lippen an seinen runden Körper und gab ihm Küsse, wie Sack sie dem Kopf von Katze gab, *pitsch, pitsch*.

Der Stamm war voller kleiner Buckel und Linien und Formen, so als hätte jemand mit Sacks spitzem Küchenbleistift auf ihm gemalt. Ich sah Bilder von Mäusen und einer Flasche und einem Flügel. Wer wohnte hier draußen und malte heimlich Bilder in Baums Körper? War es *ein Freund*?

Ich hockte mich hin, sodass mir die Knie fast bis ans Kinn stießen, und klopfte die Erde rings um Baum ab. Ein Zug Ameisen marschierte über den steinigen Boden, immer eine hinter der anderen. Ich legte ihnen den Finger in den Weg, und die Ameisen kletterten darüber. Ein Finger konnte sie nicht aufhalten. Ich legte mich auf den Bauch, mein Gesicht ganz dicht an der krabbelnden Linie. Ich schaute den Ameisen zu, wie sie flink die Beinchen setzten. Ich drehte mich um und sah hinter mich. Folgten mir vielleicht auch lauter Hesters? Ich beobachtete die Ameisen, wie sie in einem kleinen dunklen Loch verschwanden. Eine folgte der anderen nach unten. Gingen sie nach Hause? Was war da unten? Woher wussten die Ameisen, dass sie dort hinunter mussten?

Ich sah mir die steinige Erde an. Steine in allen Formen; keiner war wie der andere. Mit einem Bindfaden hätte ich mir eine Krone aus Steinen machen können, mit Butter zusammengeklebt. Ich hätte sie mir auf den Kopf setzen können für einen Gebetstanz. Ich hob zwei Steine auf; ich ließ sie in meinen Händen herumrollen. Ich befühlte ihre Kanten. Wer hatte sie gemacht? Wem gehörten sie?

Ich schaute ins Gras. Ich sah Blumen. Sie waren kleiner als die im Garten Eden, aber dafür waren es mehr. Die rosanen waren wie winzige bunte Hüte im Gras. Die orangenen trugen Röckchen, und in der Mitte des orangenen Röckchens war das Guckauge. Durch das Guckauge konnte die Blume sehen, wie die Erde sich regte, Erdkrümel an Erdkrümel, die alle immerfort den Platz wechselten. Die orangenen Blumen trugen Röckchen für den Tanz der vorbeikommenden Füße. Die lila Blumen waren Teetassen voller Tee, der so süß schmeckte wie Honig. Ich ging mit dem Gesicht ganz nahe heran und nippte. Ich schloss die Augen. Zudecken aus Lila, Orange und Rosa deckten mich zu.

Ich lag da und lauschte dem Krabbeln der Ameisen. Ich lauschte dem Stift, der Baum seine Bilder aufmalte, und ich lauschte Baum, wie er sich nach dem Türknauf am Haus der Sonne reckte.

Und noch ein anderes Geräusch hörte ich, tief drinnen, an einer Stelle, wo man mit dem Finger nicht hinkam. Das war Sack, die aus vollem Hals auf Stiefel einschimpfte. Bald würde sie mich suchen kommen, im Schlafzimmer, wo ich sonst um diese Zeit mit der Bilderbibel auf dem Boden saß. Dann würde es etwas setzen. Sack würde aus vollem Hals auf *mich* einschimpfen. Ich stand auf und rannte durch das Gras zurück zu den Stufen und der Tür, wo ich mich umdrehte, um noch einmal auf das verbotene Freie zu sehen, ohne ein staubiges Fenster zwischen mir und der Welt. Ich war Lots Weib auf dem Felsen, die zurückblickte. Würde das Freie verschwinden, wenn ich die Tür zumachte? Ich schaute, bis ich es mit geschlossenen Augen sehen konnte, dann ging ich durch die Tür und zog sie hinter mir zu.

Jetzt schloss mich das Haus ein. Wände und Decke und Fußboden sagten mir, wo Schluss war, so wie das Spinnennetz der Fliege sagt, wo Schluss ist. Irgendwo waren Stiefel und Sack, aber ich wusste nicht, wo. Stille herrschte in der Cott Road Eins, auch wenn Sacks Worte noch darin hallten: *John, wie oft, Gott, warum denn nur, Enttäuschung, du.* Das Einzige, was fehlte, war ihr Mund mit dem dunklen Tunnel dahin, wo ihre Botschaften herkamen. Ich schlich wie Katze, im Bogen herum um die Wörter, die an die Wände und den Boden prallten und nach einem offenen Ohr suchten. Ich schlich die Treppe hinauf *erste Stufe zweite Stufe dritte Stufe vierte*, an dem Zimmer vorbei, das meins sein würde, wenn Sack es sagte, bis zum Schlafzimmer. Ich holte die Bilderbibel unter meinem Bett hervor, klappte sie auf und tippte mit dem Finger auf Lots Weib. Sie stand auf der hohen Felskante, das Gesicht rückwärtsgewendet und grau wie Asche. Ihr Mantel ragte nach hinten wie ein harter Flügel. Sie blickte sich nach dem Zug von Lots Frauen um, der ihr nachfolgte. Es gab keinen, und das machte Lots Weib traurig. »Lot«, sagte ich. »Lot, wo bist du? Hast du deinen Teller leergegessen, Lot? Iss auf, das rate ich dir.«

»Hester, gleich komm ich rauf und seh nach dem Rechten«, rief Sack vom Klo. Ich hörte es rauschen. Ich blätterte um, damit Lots Weib schlafen konnte, und wartete, dass Sack kam und nach dem Rechten sah.

Es war Nacht, und ich hörte den Schlafatem von Stiefel und Sack, *ein aus ein aus ein aus*. Stiefel schnaufte, als ob die Luft so schwer wäre wie ein Zentner Mehl. Sack hörte ich nur beim Ausatmen. Ein kleines Pfeifen. Jede Nacht sang mein Lied sich zur Melodie ihres Atmens. Ich drehte mich auf den Rücken und zog die Arme unter der festgestopften Decke heraus. Ich machte die Augen zu und sah den Baum von draußen vor mir. Er reckte sich, und dann reckte ich mich auch, spreizte meine Flammenfinger so weit, wie ich nur konnte – so weit, dass sie fast auseinanderrissen –, *hoch hoch hoch* bis zum Haus der Sonne.

»Ich wünschte, du würdest das bleiben lassen«, sagte Sack zu Stiefel, als er die Suppe probierte, die im Topf auf dem Herd stand. Nachdem Sack hochgegangen war für ihr Schläfchen, fragte ich ihn. »Was ist wünschen?« Er drehte sich zu mir, Suppe in den Haaren unter seinem Mund. »Warum sagst du nicht Daddy oder Papa zu mir, oder Vater?«

»Was ist wünschen?«, fragte ich noch einmal.

»Was ist *was*?«

»Was ist wünschen?«

Er sah auf mich herunter, dann wieder hoch und in die Ferne. »Wünschen ist, wenn man etwas unbedingt will.«

»Warum kriegt man es nicht?«

»Unterschiedlichste Gründe. Irgendetwas verhindert es eben.« Ich machte meinen Rücken hart und steif. *Etwas unbedingt wollen* … Ich wünschte mir einen Bleistift.

Katze war ein Getier des Herrn, das auf Erden kriecht. Sie schlief auf einem dünnen Kissen neben der Treppe. Sack fütterte sie, Stiefel fütterte sie, und ich fütterte sie auch. Katze war grau und schwarz, mit einem Ohr, an dem ein Stück fehlte, und einem Knick im Schwanz. Ich wusste immer, wo sie war, und sie wusste immer, wo ich war. Sie kam nie, wenn ich ihren Kopf anfassen und das fehlende Stück sehen wollte. Sie fauchte mich an, wenn ich mit dem Gesicht zu nahe heranging. Manchmal aßen Katze und ich zusammen, beide unter dem Tisch. Sack sagte: »Damit du endlich lernst, dass du auch nichts weiter bist als ein elendes Stück Vieh auf vier Beinen.« Ich schaute in Katzes Augen, während wir uns die Knochen teilten.

Katze fing Mäuse. Sie brachte sie ins Haus, legte sie zwischen ihre Tatzen und haute ihnen auf den Kopf. Die Mäuse versuchten wegzurennen, aber es rannte sich nicht gut mit blutender Schnauze und zerfetztem Ohr. Katze ließ sie ein Stück weit kommen, gerade so weit, dass sie dachten, sie könnten es schaffen bis heim in ihr Loch an der Wand, dann haute sie ihnen wieder auf den Kopf. Die Mäuse versuchten zu tippeln, aber es tippelte sich immer schwerer mit blutendem Bauch und nur einem Auge. Ich lag auf dem Boden und sah zu. Bald tippelten die Mäuse nirgends mehr hin. Sie lagen still und stumm, und Katze ging davon.

Katze war auf den Kaminsims gesprungen und spielte mit dem Küchenbleistift, den Sack an einer Schnur an der Wand hängen hatte. Katze stupste ihn mit ihrer schwarzen Pfote in die eine Richtung, dann in die andere. Ich saß unterm Stuhl und sah zu.

Sie stupste und stupste. Die Schnur lockerte sich immer mehr. Dann plötzlich schlug Katze so fest nach dem Stift, dass er auf den Boden fiel. Ich sprang unter dem Stuhl hervor, hob ihn auf und versteckte ihn in meiner Hose.

Unterschiedlichste Gründe verhinderten meinen Wunsch nicht mehr.

Ich ging zum Bücherschrank. Ich griff in die Reihe hinter der Reihe und nahm ein Buch ganz vom Ende. Es war schon lange von niemand mehr angefasst worden. Es hatte Staub oben auf den Seiten. Auf dem Einband saß ein König auf einem Thron. Lots Weib war die Königin, die neben ihm stand. Ihre Hand lag auf seiner Schulter, und sie lächelte. Sie hatte einen langen Stock, und auf dem Kopf trug sie eine Krone aus spitzen Steinen. Die Steine hielten durch Butter aus dem Fliegenschrank. Jede Seite in dem Buch war voll kleiner schwarzer Zeichen mit einem Rand aus Weiß, als wäre der Ameisenzug in Schlängelpfaden darübermarschiert und jemand hätte das Buch mit einem Knall zugeklappt und sie plattgedrückt. Stiefel fragte: *Sollen wir ihr das Lesen beibringen?*, und Sack sagte: *Dazu hat sie nicht den Grips*. Den *Grips* braucht man, um zu lesen und ins Freie zu gehen. Ich habe ihn nicht, weil ich meiner Mutter zu spät geboren bin. Meine Geburt hätte sie fast das Leben gekostet. *Alle diese Jahre des Hoffens und Sehnens, und wofür? Für das hier?*

Ich blätterte in dem Buch, Staub fiel von den Kanten, die Seiten waren an den Rändern braun. Das Buch brauchte einen Freund. Ich versteckte es in meiner Hose, bei dem Bleistift, dann stieg ich die Treppe hoch zum Schlafzimmer. Sack war Besuchemachen. Stiefel saß in seinem Arbeitszimmer und hörte Radio. Ich war mit meinem Wunsch im Haus eingesperrt. Treppensteigen mit einem Buch und einem Stift in der Hose war schwierig, aber ich schaffte es. Ich war ein Fehler Gottes, aber ich schaffte es.

Ich ging ins Schlafzimmer und kroch unters Bett, nur der Kopf blieb draußen, damit ich sehen konnte. Ich zog das Buch und den

Bleistift aus meiner Hose. Ich schlug das Buch auf und fand eine Seite mit nicht so vielen zerdrückten Ameisen darauf. Ich setzte den Stift aufs Papier wie Sack, wenn sie ihre Listen schrieb. Eine Liste war eine Reihe von Sachen, die Sack von Stiefel aus dem Laden mitgebracht haben wollte. *Wir brauchen noch Mehl, und Tee. Und denk an die Seife*. Ich schrieb meine eigene Liste in Geheimschrift. Auf die Liste setzte ich *das Freie*, ich setzte darauf *einen Rock*, ich setzte darauf *eine Steinkrone*. Ich versuchte meine Schrift so hinzubekommen wie die Worte in dem Buch, aber bald wollte der Stift keine Liste mehr schreiben. Er wollte andere Dinge machen. Ich schaute meiner Hand zu, wie sie sich übers Papier bewegte. Der Bleistift malte die Form von Baum; die Zeichen, die schon auf der Seite waren, wurden Blätter und ein Nest. Dann malte er die Form von Gottvogel, wie er durch die Äste des Baums flog. Er hatte ein Schaf bei sich; das Schaf hatte einen Flügel. Wenn mein Bleistift grün war, dann musste das Schaf auch grün sein. Mein Bleistift malte das Haus der Sonne. Es hatte runde Türen, aber keine Wände und keinen Boden. Durch die runden Türen konnte man Gärten voll mit orangenen und lila Blumen sehen. Die Gärten schwebten am Himmel. Dann malte mein Bleistift die rosa Spinne unter Sacks Auge, dann malte er Sacks Auge und dann die Suppe in den Haaren unter Stiefels Mund, dann die Haare, die zu Wasser zerflossen, dann malte er Lots Weib, aber diesmal stand sie nicht starr, sie flog von der Felskante hinaus über das graue Meer, ihr Mantel ausgebreitet wie Vogelflügel, und dann malte er, wie das Meer sich teilte, Fische sprangen heraus, und dann war der Bleistift alle. Er hatte sich stumpfgemalt. Ich drückte den stumpfen Bleistift fester in die Buchseite, und er machte ein kleines Loch.

*Was gibt's da zu weinen? Du bist doch kein Baby mehr*. Ich kroch tiefer unter das Bett und schob den Bleistift bis ganz hinten durch, wo der Teppich an die Wand stieß. Der stumpfgemalte Bleistift war mein Geheimnis. Ich steckte das Buch wieder in meine Hose, und ich kroch unter dem Bett hervor. Ich stieg die Treppe hinunter – Sack war noch nicht vom Besuchemachen zurück – und ging zum Bücherschrank. Ich stellte das Buch an seinen Platz ganz am Ende der Reihe hinter der Reihe.

Ich rührte den Eintopf um, als eine Stimme zu mir redete. Sack saß im Wohnzimmer und klopfte mit dem Fuß zu dem *Halleluja*, das aus dem Radiokasten kam. Stiefel war draußen und hackte Holz. Es war der Kochlöffel in meiner Hand, der mit mir geredet hatte. Es war nur ein Flüstern, fast nicht zu hören. Ich musste mich tief zu dem Eintopf hinabbücken, um Kochlöffel verstehen zu können. Ich roch warmes Fleisch und Zwiebeln. »Frag Stiefel, ob du Stifte und Papier haben kannst«, flüsterte Löffel.

»*Halleluja*«, sang der Radiokasten, »*Lob sei Gott!*«

»Tschuk!«, hackte Axt in den Hackklotz. Ich bat Stiefel und Sack nie um etwas. Ich wusste es besser. *Du solltest es besser wissen, Hester. Du bist jetzt ein großes Mädchen.*

»Ich sollte es besser wissen«, flüsterte ich zurück.

»*Lob sei Gott! Lob sei Gott!*«, sang der Radiokasten.

»Tschuk tschuk!«, hackte Axt in den Hackklotz.

Löffel rührte Fleisch und Kartoffeln im Eintopf nach oben. »Frag ihn einfach.«

»Aber ich bin jetzt ein großes Mädchen«, flüsterte ich.

»Frag ihn.«

»Aber ...«

»Frag *ihn*.«

Als der Eintopf aufgegessen war, sagte Sack, dass ihr Rücken sie plagte und sie sich hinlegen musste. Stiefel saß am Tisch und bastelte ein Streichholzschiff in einer Flasche. Kochlöffel lag sauber und schon fast trocken im Abtropfgestell. Ich konnte ihn gut sehen von meinem Platz unten bei Katze. »Jetzt frag«, sagte Löffel.

»Jetzt?«

»Ja, jetzt.«

»Aber ...«

»*Jetzt.*«

»Kann ich vielleicht einen Stift und Papier haben?«, fragte ich Stiefel.

Er sah von seinem Schiffebasteln hoch, ein Streichholz zitterte in seinen Fingern. »Was?«, sagte er.

»Kann ich einen Stift und Papier haben?«

Er wartete. »Warum sagst du nicht *Daddy* zu mir, oder *Papa*? Was stimmt nicht mit dir? Alle Töchter sagen *Daddy* oder *Papa* zu ihrem Vater. Warum meine nicht?«

Ich sah Stiefel an, seine Hose und die weißen Finger mit dem Streichholz dazwischen. Auf seinen Fingerknöcheln waren ein paar kleine dunkle Haare. Ich sah seinen Hals an, der oben zum Hemd herauskam. Der Hals hatte graue Haare, schwache rote Linien und ein paar braune Flecken, die weich wie Schwämme aussahen. Warum waren sie aus seiner Haut herausgewachsen, diese Flecken? Was war in ihnen drin? Stiefel kratzte sich an der Schulter. »Vater, kann ich einen Stift und Papier haben?« Die Kreise von Stiefels Augen füllten sich mit Wasser, das aus einem tiefen Brunnen unter seinen Füßen heraufquoll. Er legte das Streichholz hin – *danke*, wisperte Streichholz ganz schnell – und kam zu mir herüber. Er nahm mein Gesicht in seine Hände, die nach Eintopf und Bootsleim rochen, und küsste mich auf den Scheitel. Dann ging er in das zugeschlossene Arbeitszimmer. Er kam mit einem Stift und ein paar Blättern zurück. Über die Blätter zogen sich blaue Linien. Ich musste meine gierigen Hände festhalten, damit sie nicht danach grapschten.

»Was hast du damit vor, Hester?«, fragte er. »Willst du mir einen Brief schreiben?« Seine Mundwinkel bogen sich nach oben, als er mir den Stift und die Blätter gab. Ich legte mich auf den Boden und fing an zu malen. Ich konnte nicht warten. Stiefel schaute eine Weile zu, dann ging er wieder an sein Boot. »Aber keine Schweinerei machen«, sagte er.

Der Stift ließ mich auf einem Löffelboot davonsegeln wie Noah im Sturm. Ich trug einen Rock und einen Blumenhut, und ich stand ganz vorne im Boot. Ich war es, die den Weg wusste. Wir segelten durch das Loch in der Flasche.

»Du hast mich gemalt, stimmt's?«, sagte Stiefel, und sein Mund bog sich wieder nach oben. »Zeig her.« Er bückte sich zu mir herunter, und er sah sich mein Bild an. »Was soll das denn sein?« Er schüttelte den Kopf. »Ich kann dir Stifte und Papier zum Malen geben, solange wir hinterher schön aufräumen.« Damit nahm Stiefel mein Löffelboot und knüllte es zu einem kleinen Ball. Er warf es in den Küchenabfall, zu Knochen und Staub. »Das können wir wieder machen. Es soll unser Geheimnis sein.« Er drückte den Finger an den Mund. »*Pschscht.*«

Es gibt Geheimnisse für nur einen Menschen, und es gibt Geheimnisse für zwei. Das hier war eines für zwei. Stiefel gab mir Stifte und Papier zum Malen, wenn Sacks Rücken sie plagte und sie sich früh hinlegen musste. Der Bleistift redete leise mit mir, während ich malte. Er sagte: »Ich bin dein Freund für alle Ewigkeit.« Ich sagte: »Was ist Ewigkeit?« Bleistift antwortete: »In der Ewigkeit gibt es keine Wände und keinen Fußboden. Es ist hell dort, und du kannst die Musik des Windes hören.« Ich malte die Ewigkeit. Dort gab es Steine und Wasser, und der Wind wehte. Es gab ein Haus mit Bleistiftwänden, und zwischen allen Stiften waren Zwischenräume, sodass man immer hinauskonnte in das verbotene Freie. »Was macht man in der Ewigkeit?«, fragte ich Bleistift, während ich malte. »Du wirst zum Auge der Welt, du siehst alles, es geht in dich hinein, und es tut nicht weh, wenn es hineingeht. Es bebt nur ganz leicht. Du hast Flügel.« »Kann man da tanzen?« »Ja, natürlich.« Ich malte Flügel, die mit Flügeln tanzten, die mich aufhoben und mich hochwirbelten ins Auge der Welt. »Was isst man in der Ewigkeit?«, fragte ich. Bleistift sagte: »Äpfel.« Ich füllte den Himmel mit Äpfeln.

Jedes Mal, wenn ich malte, war Stiefel dabei. Er saß am Tisch und schob Schiffe in Flaschen. Nach einer Weile schaute er nach, was ich malte, schüttelte den Kopf, bog die Mundwinkel nach oben und sagte: »Das sieht ja wild aus.« Dann nahm er mein Bild, knüllte es zu einer Papierkugel zusammen und warf es in den Müll. Ich zählte mit, wie oft der kleine Zeiger ums Zifferblatt rückte, und ich wartete auf das nächste Mal, dass Sacks Rücken sie plagte und ich wieder malen durfte.

Es regnete, Sack sagte, dass es zum Waschen zu nass war. Katze und ich konnten nicht von der Sofalehne ins Freie schauen. »Morgen muss reichen«, sagte Sack und nieste. Ich kletterte trotzdem auf die Sofalehne und schaute gegen die braunen Vorhänge. »Runter da«, sagte Sack. Stiefel kam herein. Sack schneuzte sich in ihr Taschentuch. »Ich sehe lieber mal nach Mutter. Das letzte Mal, als es so gegossen hat, kam das Wasser bei ihr zum Kamin rein.«

»Ich kann doch gehen«, sagte Stiefel und strich ihr über den Arm.

»Nein.« Sack schob ihn zur Seite. »Dich erkennt meine Mutter nicht.«

»Aber dir geht es nicht gut, Katherine.«

»Das wird schon wieder.« Sie nahm ihren Mantel vom Haken und wickelte ihren kalten Hals mit dem Schal ein. Sie nieste noch einmal, dann war sie zur Haustür hinaus. Ich durfte nie zur Haustür hinaus, weil ich ein Quell der Schande war und ein Dieb, der meiner Mutter die Kraft stahl.

Jetzt war im Haus nur Stiefel übrig. Und ich. »Wer ist ›meine Mutter‹?«, fragte ich Stiefel.

»Was?«

»Wer ist meine Mutter?«

»Was meinst du, *wer ist deine Mutter*?«

»Wer ist das?«

»Du wirst ja wohl wissen, wer deine Mutter ist, Hester.« Stiefel schüttelte den Kopf über mich Missgeburt, dann ging er in sein Arbeitszimmer und schloss sich darin ein. Die Tür zu Stiefels Arbeitszimmer führte direkt in einen Flaschenhals, und jeder, der hindurchging, landete in der Flasche und blieb stecken wie die Schiffe. Nur Stiefel konnte rein und raus.

Wasser stürzte auf das Haus nieder. Der Himmel rumpelte. »Hester.« Jemand rief nach mir. Ich ging in die Küche. »Hester, dreh mich.« Es war Türknauf. Jesus schlug die Trommel, wie wenn er zum Fest rief. »Hester, ich bin dein wahrer Freund. Dreh mich.«

»Aber ich sollte es besser wissen.«

»Dreh mich«, sagte er wieder.

»Aber ...«

»*Dreh mich! Dreh mich! Dreh mich!*« Ich drehte ihn. Die Hintertür öffnete sich in das verbotene Freie. Es war dunkel und nass, Wasser stürzte aus dem Haus der Sonne herab. Jesus schlug seine Trommel schneller. Ich stieg hinunter ins nasse Gras. Der hungrige Himmel rumpelte wieder. Baum war da und reckte seine Arme, aber wonach? Es war keine Sonne da. Ich rannte hin, um ihn zu fragen. Er war kratzig an meiner Backe, seine Küsse schabten mir an den Lippen. »Hübsche«, sagte er, »... Schöne ...«

»Baum, wonach reckst du dich?«, fragte ich mit dem Mund dicht am Holz. Ich legte mein Ohr daran, um die Antwort zu hören. Es kam keine. »Wonach reckst du dich, Baum?« Immer noch keine Antwort. »Baum, sprich mit mir, sag mir, wonach du greifst.«

Seine Stimme war eine gurrende Taube. »Ich greife, so hoch ich nur kann.«

»Wonach?«

»Nach dem, was am höchsten ist.«

»Nach der Ewigkeit?«

»Ja, nach der Ewigkeit. Die Ewigkeit ist das Höchste überhaupt.«

Wasser fiel auf meinen Kopf. Die Welt war ein Bad. Ich zog mir die Kleider und Schuhe aus und rannte durch den Garten. Ein helles Licht ging am Himmel an, dann krachte es, und ich brüllte so laut ich nur konnte zurück: »Aaaaaahhhhh!« Das Gras war spitz unter meinen Füßen; in meinen Füßen prickelte es, weil sie voller Insekten waren, die darinnen im Kreis liefen. Immer rundherum liefen sie und rieben die Flügel aneinander und brummten und sangen, während ich rannte und das Satanslachen lachte. Eine dunkle Gestalt näherte sich vom Haus her. Es war Sack. Baum rief: »Her zu mir, kletter rauf!« Ich sprang nach seinen untersten Ästen und versuchte, mich höher zu ziehen. Meine Beine hingen herunter. Meine Füße waren so schwer vor lauter Insekten, dass ich sie nicht hochbekam. Sack packte mich am Rücken. Sie schlug auf meine Beine ein. »Du wirst noch mein Tod sein!« Meine Füße sprangen auf, und die schwarzen Insekten platzten zu meinen Zehen heraus. Sie liefen mir an den Beinen hoch, über den Rücken, sie liefen mir über den Bauch und von da weiter auf Sack, die zu schreien anfing. Die Insekten bedeckten uns, bis keine Haut mehr da war. Regen fiel. Der Himmel über uns leuchtete weiß auf, und vor seinem wütenden Weiß sah ich Baum seine Flammenfinger recken. Baum rief: »Du wirst noch ihr Tod sein!«, und Sack zerrte mich an den Haaren und einem Arm ins Haus, und von ihrem Körper strömten die Insekten.

Ab da war die Hintertür immer zugesperrt. Knauf blieb stumm, wenn ich an ihm vorbeikam. Manchmal sah ich ihn an, und in seinem hölzernen Auge stand eine Frage, aber ich konnte sie nicht hören, selbst wenn ich mein Ohr ganz dicht randrückte, hörte ich nichts.

Ich wurde größer, und meine Aufgaben waren: Böden fegen, wischen, zwischen den Ritzen saubermachen, Wände und Kleider waschen, unseren Heiland abstauben, Klo mit der Klobürste ausputzen, Holz stapeln, abspülen, mit dem gespülten Geschirr den Tisch decken, Gabeln und Löffel polieren. Beten. Beten, das hieß, dass Gott mich wusch und mich stapelte, mich abstaubte, fegte, wischte und mich tüchtig durchwalkte. Beten, das hieß rosa Striemen an den Knien, die weh taten, aber ich hörte nicht auf. Nur einmal. Sacks Stimme klang laut neben mir: »*Und Gott sprach, bring zu mir mein Kind, mein Herz, er, welcher weint, weiß nicht, weswegen er's tut, doch der Herr weiß es, der alles recht macht*«, und ich hörte auf. Ich weiß nicht, warum. Ich wusste alle Wörter im Gebet, aber ich hörte trotzdem auf. Sack betete erst noch alleine, dann hörte sie auch auf. Sie schaute mich an, und ich schaute zurück. Die rosa Spinne unter ihrem Auge winkte mit den Beinen. Etwas Besonderes stand bevor.

»Entschuldigung«, sagte ich.

»Steh auf«, sagte Sack.

»Entschuldigung«, sagte ich, und dann sagte ich es noch einmal: »Entschuldigung.«

»Zu spät für Entschuldigungen.« Sack nahm meine Hand, und sie zog mich hoch. Ich wollte meinen Arm wieder dahin biegen, wo Jesus die Trommel schlug, *wumm wumm wumm*, aber Sack duldete es nicht. »Ich dulde das nicht, Hester, ich dulde es nicht!« Sie zog fester – »je mehr du dich wehrst, desto schlimmer wird es!« –, also stand ich auf und kam mit. Sie zog mich die Treppe hinunter, durch die Küche bis in die Speisekammer, wo sie eine Tür im Boden öffnete, die ich vorher noch nie gesehen hatte, dann noch mehr Stufen hinunter, und dann standen wir in einem dunklen Raum. Sack rief durch die Tür im Boden: »John! John! Komm runter und hilf mir!«

Stiefel kam die Treppe herunter. »Ja, Katherine, was gibt es?«

»Sie braucht eine Lektion.«

»Katherine, meinst du wirklich? Meinst du wirklich?«

»Würde ich sie sonst so am Arm halten? Würde ich dich sonst herrufen?«

»Nein – nein.«

»Dann hilf mir, sie auf den Tisch zu heben.«

»Ich – ich bin mir nicht sicher.« Stiefels Stimme brach ab und setzte wieder neu an.

»John, du hebst sie auf den Tisch. Heb sie rauf. Heb sie rauf!« Sacks Stimme war laut. Ich hielt ganz still, während Stiefel gehorchte. Ich sah eine weiße Gestalt in der Ferne, die näher kam. Stiefel schob mir die Hände unter die Achseln und hob mich *schwupp!* auf einen Tisch, der schon wartete. Sein Holz war warm unter meinen Sohlen. Über dem Tisch war eine Stange, die mit Stricken an der Decke festgemacht war wie eine Schaukel. Noch mehr Stricke baumelten von den beiden Enden der Stange. Die baumelnden Stricke warteten auf etwas zum Fesseln. Sie warteten auf ein kleines Tier, das sie fesseln konnten.

Die weiße Gestalt war jetzt sehr nahe – es war ein großer weißer Vogel. Er stand vor mir in der Luft. »Ich bin Gottvogel«, sagte er. Gottvogels Flügel hatten dieselbe Form wie die Risse in der Decke, sein Schnabel war lang und golden, er trug eine Steinkrone auf dem Kopf, und seine Augen waren schwarze Lichter. Gottvogel schlug mit den Flügeln, sein goldener Schnabel schwebte dicht vor meinem Gesicht. Tisch schickte seine Stimme durch meine Füße. »Ich bin hier, Hester, und ich bin dein Freund.«

»Was ist ein Freund?«

»Ein Freund schenkt dir Bilder.«

Sack stieg auf den Tisch und band meine Arme an der Stange fest. Meine Arme waren ausgebreitet wie die von Christus am Kreuz. Die Stange ging hinter meinen Schultern vorbei. Wenn Eimer daran gehangen hätten, hätte ich Wasser tragen können. »Schau dir die Wände an, Hester, schau, in was für erlauchter Gesellschaft du bist«, sagte Sack nahe an meinem Ohr, während sie die Knoten festzog. An den Wänden klebten Bilder von Leuten, die mit Stricken am Hals aufgehängt waren. Andere Leute auf den Bildern standen da und guckten zu. Sie waren wie die Leute, die Maria Magdalena steinigten. Manche von den aufgehängten Leuten hatten schwarze Säcke überm Kopf, sodass ihre Augen unsichtbar waren. Es gab Bilder von Frauen, die auf Nägeln lagen, und Bilder von Frauen, die auf Räder gespannt waren. Auf einem Bild lag ein Frauenkopf in einem Korb voller Früchte. Seine Augen blickten hinauf in den Himmel, wo der Herrgott kein Erbarmen kannte. Sack kletterte wieder hinunter und sagte: »Und jetzt rück den Tisch weg, John.« Stiefel sah mich an, und ich sah ihn an. Er kratzte sich am Rücken, als ob ihm eine Maus unters Hemd geraten wäre. Das war das Ekzem. Es kroch ihm über den Rücken und suchte nach Wasser. »Rück den Tisch weg«, sagte Sack. Stiefel rückte den Tisch weg, und mein Körper hing nur noch an meinen Armen, wie bei der erlauchten Gesellschaft an den Wänden. Ich spürte meinen Freund nicht mehr unter den Füßen, mein Freund war weg. Ich hing.

Gottvogel sagte: »Ganz ruhig, Hester.«

Sack stieg die Stufen hinauf, und Tisch rief mir quer durchs Zimmer zu: »Warte, kleine Hester, deine Zeit wird kommen.«

Ich hing da, und Gottvogel blieb bei mir. Wenn er mit den Flügeln schlug, blies mir ein Luftzug das Haar aus den Augen und trocknete meine Augen und mein Gesicht. Er kühlte meinen heißen, feuchten Körper. Gottvogels Schnabel war ein Lächeln. Sein Flügel winkte mir zu, ich konnte nicht zurückwinken, weil mein Arm an die Stange gefesselt war, ich hoffte, Gottvogel wusste das. Ich sagte ihm *Entschuldigung*, und da flog er hinauf in die Luft über meinem Kopf, und blauer Himmel füllte den Hängeraum, und ich wusste nicht, wo es hinging mit mir.

Aus dem fernen Blau hörte ich Stiefel sagen: »Meinst du nicht, das reicht?«

»Nimm sie herunter«, sagte Sack. Stiefel band mich los, und ich fiel auf den Tisch, aber meine Arme wollten wieder in die Höhe fliegen, zurück zu Gottvogel. Ich musste lächeln. »Geh nach oben«, sagte Sack. Ich konnte nicht gehen. Ich befahl meinen Füßen, die Stufen zu nehmen, aber sie folgten nicht. Stiefel hob mich in seine Arme, und Gottvogel flog im Kreis um mich herum, und seine schwarzen Augen glänzten.

Ich wachte mit wehen Armen in meinem Bett auf.

Als Stiefel mir das nächste Mal Stift und Papier gab, malte ich Gottvogel, der mich auf seinen Flügeln ins Land der Sonne trug.

Ich malte Baum, wie er vom Boden abhob. Erde rieselte aus seinen Wurzeln auf das Dach der Cott Road Eins, als er in die Höhe stieg, und deckte es zu. Ich malte Baum, wie er neben uns herflog und mit den Flammenhänden schlug. Er kam mit uns mit. Dann malte ich meine erlauchte Gesellschaft, wie sie im Kreis um das Haus unten stand. Die schwarzen Säcke waren von ihren Köpfen abgezogen, und ich konnte ihre Gesichter sehen, aber sie hatten keine Augen, nur Augenlöcher. Gottvogel hatte ihre Augen in seinem Schnabel. Er trug sie zu Jesus, als Mahl für sein Fest.

Ich wusch einen Teller im Spülbecken ab, als Sack kam und sich hinter mich stellte. »Hester, hör mit dem Spülen auf, ich will dir was zeigen.« Ich wusch weiter an dem Teller. An seinem Rand klebte noch Ei. »Hester, hast du nicht gehört? Ich habe gesagt, du sollst mit dem Spülen aufhören.« Ich wusch und wusch an dem Ei herum. Ein Rest Gelb klebte immer noch fest. Es wollte nicht weg. »Hester?« Der Teller war Eis Freund. Wenn der Teller losließ, hatte Ei niemand mehr. »Hester.« Sack legte ihren Arm auf meinen. Ich hörte auf, den Teller zu spülen. Wasser tropfte von dem nassen Lappen auf meine Schuhspitze. Es malte kleine Sonnen auf das Leder. Sack nahm meine nasse Hand in ihre trockene. »Lass ihn einfach in der Spüle«, sagte sie. Ich ließ den Teller ins Becken rutschen. Ei und Zwiebel schaukelten auf dem grauen Wasser. Sack führte mich aus der Küche, und wir gingen die Treppe hinauf. »Komm schon.« Sie zog an meiner Hand, damit ich schneller machte.

Nasse Hand in trockner Hand standen wir vor dem Zimmer, das meins sein würde, wenn Sack es sagte. Das Zimmer war nicht mehr leer; es hatte mein Bett darin, und auf dem Bett eine bunte Decke, die ich noch nie gesehen hatte. Es waren lauter bunte Vierecke aus Wolle. Manche Vierecke waren gelb, manche waren blau oder lila oder grün oder weiß oder rot. »Die hab ich gestrickt«, sagte Sack, »für dich.« An der Wand hing ein Bild von einem Lamm und einem Löwen. Sie lagen beieinander. Das Lamm war die Mutter des Löwen. Wenn jemand etwas wissen wollte, musste er nur das Lamm fragen. Katze sprang aufs Bett, rollte sich auf der bunten Decke auf den Rücken und hielt uns den Bauch zum Kraulen hin. »Freche Katze ...«, sagte Sack, und sie bückte sich und kratzte Katze am Kinn. Ich sah mich um; auf dem Bücherbord standen meine Bilderbibel und *Das illustrierte Gesangbuch*. In einer Vase steckte eine Blume; es war die gleiche Blume wie die mit den rosa Röckchen, die unter Baum wuchsen. Über dem Bücherbord hing Christus unser Erlöser. Seine Arme waren weit ausgebreitet, und das Blut auf seinem Kleid war weg. Auf dem Boden lag ein Teppich mit Blätterranken und einem Mond. Licht fiel durch das kleine Fenster und floss auf das Kopfkissen.

»Gefällt es dir?«, fragte Sack. Ich wusste nicht, was sie von mir hören wollte. »Das ist jetzt dein Zimmer. Ab jetzt schläfst du hier drüben. Es gehört dir.« Sie sah mich an, als ob ich irgendetwas sagen oder tun müsste. »Gefällt es dir?«, fragte sie noch einmal. Was als Nächstes kam, wollte ich nicht, es war nichts, was ich mir wünschte. Ich musste weinen. Sack ging zu mir und legte ihre Arme an mich, sie waren hart wie zwei Stuhllehnen. »Mir tut auch vieles leid«, sagte sie. Mein Weinen lief in Sacks Stuhlarme und hörte auf. Sack stellte sich wieder gerade hin, die Arme voller Tränen von mir, und tupfte sich mit dem Taschentuch das Auge. Darunter winkte und lächelte die rosa Spinne. »Es ist jetzt dein Zimmer. Ich habe mir immer ein eigenes Zimmer gewünscht.« Sie schnäuzte sich in das Taschentuch, und dann war sie weg.

Ich trat in das Zimmer, das meins war. Es war nur ich darin. Wenn ich etwas verkehrt machte, konnte keiner es sehen.

Als Stiefel mir das nächste Mal Stift und Papier gab, malte ich das Lamm, wie es auf dem Rücken des Löwen ritt. Blätter rankten sich um den Mond. Auf meinem Bild sang Christus unser Erlöser das Lied aus dem *Illustrierten Gesangbuch*, in dem alles vor Freuden tanzt. Er trug die bunte Decke um die Schultern. Wenn er sich schlafen legte, dann in einem Zimmer, das nur ihm gehörte, in einem Bett aus Dunkelheit.

Ich kniete vor dem Schälchen und trank Katzenmilch, als es laut an der Tür klopfte. Sack sagte: »Rauf mit dir, Hester, rauf und unters Bett, hopp hopp hopp!« Ich rannte die Treppe hinauf und lurte zwischen den Geländerstäben hindurch. Ein Mann mit einem runden braunen Hut stand vor der Cott Road Eins.

»Mrs. Wakefield.« Der Mann streckte Sack die Hand hin, aber sie nahm sie nicht.

»Ja?«

»Ich komme vom Sozialamt.«

»Ja?«

»Wir hatten Ihnen geschrieben, aber Sie haben nicht reagiert. Deshalb sehen wir uns gezwungen, Sie zu Hause aufzusuchen, wie in unserem letzten Schreiben angekündigt.«

»Und?«

»Nach unseren Erkenntnissen haben Sie eine Tochter, Mrs. Wakefield, aber sie geht nicht zur Schule.«

Sacks Augen wurden zwei kleine blaue Feuerflammen, die Löcher in Hutmann brannten. »Ja, wir haben eine Tochter, und sie hat gewisse Probleme – geistiger Art. Wir bringen ihr alles, was sie wissen muss, zu Hause bei.«

Hutmann wischte sich das Glänzen aus dem Gesicht. »Trotzdem muss Ihre Tochter von einem unabhängigen medizinischen Gutachter untersucht werden – vielleicht kann sie auf einer Sonderschule untergebracht werden, vielleicht haben Sie Anspruch auf finanzielle Unterstützung.«

»Wollen Sie uns unterstellen, wir können unsere eigene Tochter nicht einschätzen?«

»Ich sage nicht, dass Sie Ihre eigene Tochter nicht einschätzen können, Mrs. Wakefield, aber ...«

»Hester ist nicht in der Verfassung, auf eine Schule zu gehen.«

»Ihre Tochter muss ein paar Tests mitmachen – die unter Umständen ergeben, dass sie bei Ihnen zu Hause am besten aufgehoben ist, in welchem Fall Sie Anspruch auf Unterstützung hätten.«

»Wir wollen keine Unterstützung.« Bis zu mir herauf konnte ich spüren, wie die Feuer in Sack immer heißer brannten. Sie wollte diesem Hutmann eine Lektion im Hängeraum erteilen – vielleicht wollte sie auch mir eine Lektion dort erteilen. Es wurde Zeit, dass ich unter das große Bett kroch.

Ich hörte die Haustür zuschlagen und Sack die Treppe hochlaufen. Hutmann war weg. Sack kam durch die Tür, bückte sich und sah unters Bett. Ich machte mich so klein und flach wie der versteckte Bleistift, aber die Feuer in ihren Augen erleuchteten die Dunkelheit, und sie fand mich in meinem Versteck. Sie langte herein und packte mich beim Arm. Ich bekam ihr Bein mit dem Fuß in seinem harten Schuh zu fassen und hielt es, so fest ich konnte. »Loslassen, Hester!« Ich ließ nicht los. Sie trat und zappelte, und ihr Schuh erwischte mich an der Kehle. Sie zog mich heraus. »Ich war zu alt, um dich zu bekommen – ich hatte nicht die Kraft!«

In dieser Nacht lag ich in meinem Bett aus Dunkelheit. Aus dem verbotenen Freien kam Hutmann. Kam er von daher, wo Stiefel jeden Tag hinverschwand? Kam er von daher, wo auch die Eier und Haferflocken herkamen? Was war *Schule*? In dieser Nacht sang mich mein hölzernes Bett in den Schlaf. *Jahwes Volk vor Freuden tanzt, lobt ihn, preist ihn!*

Für den Tag der Tests nähte Sack mir ein Kleid, es war obenrum eng und hatte viele Knöpfe in einer Reihe. Knöpfe sind kleine runde Scheiben, die ein Kleid zusammenhalten. Ohne die Knöpfe ist ein Kleid ein loser Umhang und nur zum Fliegen gut. Kleider müssen Knöpfe haben. Sack bürstete mir die Haare – jeder Bürstenstrich rupfte an dem Sündenknoten in mir – und band sie zurück. Sack ging in ihr Zimmer, und als sie wieder herauskam, hatte sie einen grauen Rock an, dem am Saum kleine Blumen wuchsen. Den Rock hatte ich noch nie gesehen. Ihre Bluse hatte kleine weiße Trauben darauf, die sich um ihren Hals und den Rücken hinunter rankten. Ihre Schuhe glänzten, und hinten gingen sie spitz in die Höhe. Sack lief auf spitzen Kästchen im Haus herum, *klack klack klack*. Um ihren Hals hing eine goldene Kette, aber ohne Jesus daran, nur mit dem Kreuz über seiner Wohnung.

Stiefel nahm mich bei der Hand, und wir drei gingen zur Haustür hinaus. Unter dem Grau des Himmels lag das ganze verbotene Freie, und alles daran schimmerte vom Licht der Ewigkeit.

Stiefel führte mich zu seinem Wagen, aber es war kein Wagen wie aus meiner Bilderbibel. Die Räder waren schwarz, und er hatte ein braunes Dach und braune Türen. Die Wagen in meiner Bibel hatten wehende rote Bänder, goldene Türen, und aus ihren Rädern wuchsen Dornen, damit sich die anderen Wagen daran aufspießten. Dickbeinige Römer fuhren die Wagen in meiner Bibel. Sie hatten Helme auf und peitschten die Pferde vor ihnen, und dazu schrien sie: »Sieg! Sieg!« Sack wollte, dass ich mich auf den hinteren Sitz legte. Sie drückte mich hinunter. »Versuch zu schlafen.«

Ich lag auf dem Rücksitz und erfand ein Lied zu der rumpelnden Wagenmusik. Es handelte von Abel und den Sachen, die er mit Kain machte, wenn sein Vater unterwegs war. Abel wusste, dass es böse von ihm war, aber er machte es immer wieder, mit einem Stock, er konnte einfach nicht anders. Immer wieder tat er es, sosehr Kain auch schrie, *nein, bitte nicht, Abel, bitte bitte nicht*, Abel machte trotzdem weiter. Er wollte das Blut aus Kains Knien laufen sehen. Nachdem wir lange gefahren waren, brachte Stiefel den Wagen zum Stehen. »Wir sind da. Wach auf, Hester.« Stiefel fasste mich am Arm. »Zeit zum Aussteigen.«

Sack drehte sich auf dem Vordersitz um und zwickte mich, kurz und schnell. »Benimm dich da drin.« Die rosa Spinne drohte mir mit der Faust. Ich stieg aus dem braunen Wagen, und Stiefel und Sack nahmen jeder eine Hand von mir. Ich sah zwei Hunde von Jesu Besuch auf dem Marktplatz. Sie jagten sich und bellten.

Wasser spritzte aus einem Rohr und machte das Gras nass. Überall standen Bäume und Häuser. Vor den Häusern waren Vierecke aus Gras mit Stangen zum Daran-Aufhängen und Plastikeimern. Die Straße war voller Wagen, Wagen ohne Dornen, einer schneller als der andere. Ich wollte rennen und ganz laut mein Lied singen. Die Tollheit der Welt steckte mich an.

Wir gingen einen Weg entlang zu einem großen Kastenhaus. Auf beiden Seiten des Wegs wuchsen Blumen. Sie waren weiß mit gelben Streifen. Ihre Köpfe lagen in Blätterbetten. Ich wollte stehen bleiben und schauen, ob ich Ameisen finden konnte, ob die Ameisen unter den Blumen wohnten, aber Stiefel und Sack zogen mich weiter. *Klack klack klack* machten die Kästchenschuhe bei Sacks Schritten. Mein Kleid schnürte mir die Brust ein. Wir gingen durch eine Tür. Dahinter war ein Zimmer mit lauter Stühlen und einer Vase mit Blumen in der Ecke. An einem Tisch saß eine Dame. Ihre Lippen waren rot und glänzten, und um ihren Hals hing buntes Glas. Sie lächelte Stiefel und Sack und mich an. »Bitte nehmen Sie Platz, der Herr Doktor kommt gleich.«

Wir saßen auf drei getrennten Stühlen. Sack ließ meine Hand los, aber Stiefel nicht. Auf einem Tisch in der Ecke lag ein Stapel Papierbücher. Wenn ich den Kopf drehte, sah ich auf dem obersten eine Königin. Sie war anders als die Königin in der Bilderbibel; sie hatte weniger Kleider an. Sack ruckte den Kopf scharf in meine Richtung, und ich hörte auf hinzuschauen, weil es unrecht war. Deshalb rannte Adam auch so.

Ein Mann kam durch die Tür. Er ging mit ausgestreckter Hand auf uns zu. Stiefel schüttelte die Hand. »Mr. und Mrs. Wakefield?« Er schaute auf ein Blatt Papier, das er hielt. »Kommst du bitte rein, Hester?« Stiefel und Sack wollten auch mit, aber der Mann, der wie Hutmann aussah, bloß lächelnder und ohne Hut, sagte: »Erst einmal nur Hester, bitte.« Sacks Mund wurde so gerade wie der Zaun vor der Cott Road Eins. Stiefel tätschelte ihre Hand, und ich ging rein.

Der Mann führte mich in ein Zimmer. In dem Zimmer standen

Kisten mit lauter bunten Sachen darin: gelbe Wagen aus Plastik, Klötze, Glocken, Wollpuppen, eine Maus, die ganz weich war, ein weißes Häschen mit rosa Ohren und Bücher mit glänzenden Bildern von Eisenbahnen und Wolken und einem Mann mit roter Nase und zu großen Schuhen, bei denen die Spitzen rund waren. Ein Packen Papier und Stifte lagen auch da. Einer von den Stiften war grün. Der Mann mit dem Lächeln ließ sich von mir einen Kreis zeigen, dann ein Dreieck, dann einen geraden Strich. Er ließ mich alles, was gleich war, zusammenlegen und alles, was anders war, weglegen. Er fragte mich, in welche Richtung die Linien gingen. Er sagte: »Welches ist anders als die anderen?« Er sagte: »Welches ist am größten?« und »Wenn das Licht angeht, halt die Finger hoch«. Er setzte mich auf ein Bett und sah mit einer Lampe, die an seinem Kopf festgemacht war, tief in meine Augen und Ohren. Er hielt ein Bild hoch, auf dem ein Mann, eine Dame und zwei Kinder auf einer Decke saßen und Käsebrote aßen. Der Mann sagte: »Kannst du mir etwas zu diesem Bild erzählen, Hester?«

»Sie sind im Freien. Sie essen. Christus hat das Brot gesegnet«, sagte ich ihm. Er hielt noch ein Bild hoch. »Das ist Noah in dem Schiff, das aus der Flasche rausgekommen ist. Gott der Herr schickt seine Strafe aus den Wolken herab. Sie macht sie alle nass«, sagte ich ihm. Der Mann lächelte. Er hatte keine Bilderbibel unter seinem Bett liegen. Er brauchte Hester, damit sie es ihm erklärte.

Das nächste Bild, das der Mann hochhielt, war voller Tiere. »Welches ist dein Lieblingstier, Hester?«

Ich zeigte auf die Katze, »miii-auauau!«. Der Mann lächelte übers ganze Gesicht.

»Dann gefällt dir dieses Bild bestimmt nicht.« Er hielt ein Bild hoch, auf dem eine Katze von einem Hund gejagt wurde.

»Der Hund will die Katze zum Abendessen fressen!« Diesmal lachte der Mann laut. Hörte Sack es von draußen. Hatte sie das Ohr an der Tür?

»Ja, ich fürchte, da hast du recht«, sagte er. Er hielt ein Bild mit drei Mädchen hoch, die über ein Seil hüpften. Die Sonne schien auf ihre Köpfe. »Die Mädchen da sehen vergnügt aus, oder? Was meinst du, Hester?«

Ich schaute das Bild lange an. »Sie sind im Freien. Sie können hochspringen, sie können lachen, niemand kann sie hören. Sie sind fröhlich, sie sind im Freien, sie sind Freundinnen.«

»Ja. Ja. Genauso sehe ich das auch«, sagte der Mann. Ich schielte zu den Stiften hinüber. Er schob mir die Stifte und das Papier hin. »Kann es sein, dass du malen willst, Hester?«

Ich nahm meinen Wunsch, und ich malte die Blätter auf dem Weg, sie wucherten über alle vier Räder und durch die Fenster von Stiefels Wagen. Die grünen Blätter wucherten in den Wagen hinein, und dann wucherten sie an Sack hoch, und sie wucherten an Stiefel hoch, über ihre Köpfe, um ihre Beine und Handgelenke und in Sacks Mund und dann auch in meinen Mund und in den von Stiefel, sodass niemand mehr etwas sagen konnte.

»Hättest du Lust, in die Schule zu gehen, Hester?«

»Was ist Schule?«

»In einer Schule kommen jeden Tag viele Kinder zusammen, um miteinander neue Dinge zu lernen. Eine Schule ist ein Ort der Entdeckungen, dafür ist sie jedenfalls gedacht.«

»Die Sünde der Menschen auf Erden ist groß«, sagte ich ihm. Ich war mir nicht sicher, ob der Mann das wusste.

»Tja, dem kann ich schlecht widersprechen.« Er lächelte. »Hester, in der Schule wärst du mit Kindern deines Alters zusammen. Du müsstest jeden Tag von deiner Mutter und deinem Vater getrennt sein. Könntest du dir das vorstellen?«

*Eine Schule ist ein Ort der Entdeckungen.* Eine Entdeckung ist das, was die Tochter des Pharao machte, als sie Mose im Schilf fand. So hat sie Mose vor dem Ertrinken gerettet. Ich nickte, ja. Der Mann lächelte noch einmal, dann stand er auf und nahm mich bei der Hand. Ich wartete darauf, dass er mein Bild wegwarf. Er sagte: »Möchtest du es nicht mitnehmen?« Ich wusste nicht, was für eine Antwort er wollte, also ließ ich es liegen.

Ich folgte dem Mann wieder dahin, wo Stiefel und Sack warteten. Jetzt brannten keine Feuerflammen in Sacks Augen. Sie waren voll kaltem Wasser, tief, ohne Wellen. Wenn man in eins ihrer Augen einen Stein warf, würde er sinken und sinken, es würde keinen Grund geben, auf dem der Stein aufschlagen konnte. Er würde für immer sinken. Der lächelnde Mann redete mit Stiefel und Sack. Ich blieb auf meinem Stuhl sitzen, und meine Augen versuchten die Königin ohne Kleider zu sehen, auch wenn es sündig war. Danach gab der Mann Stiefel wieder die Hand, und wir gingen zur Tür hinaus.

Als wir wieder im Wagen saßen, schrie Sack: »Was hast du ihm gesagt? Wie hast du mich verraten?«

Stiefel sagte: »Es wird alles gut, Kath – fahren wir erst mal nach Hause.« War der Mann mit dem Lächeln immer noch da, als ich weg war?

Als wir den Weg zur Cott Road Eins hochgingen, hielt mich Stiefel nicht bei der Hand. Er trug Sack, jedenfalls fast. Sie war klein und eingefallen und hing an ihm wie Stoff. »Lauf schon mal vor, Hester«, sagte er. »Setz den Kessel auf, dann bring ich so lang deine Mutter ins Bett.«

Am nächsten Morgen fegten Besen und ich den Flur, als wir Weinen hörten. Wir folgten dem Weinen ins Wohnzimmer, wo wir Sack im Kamin fanden – kein Feuer, nur Asche. Die Asche war überall an ihr, Backen, Hände, Beine, Arme. Sie hatte keine Kleider an. Sie war zusammengerollt wie Katze beim Schlafen, nur dass Katze nicht weint. Ich stand da, Besen in der Hand. Besen fragte: »Wie fegt man einen Kamin mit einem Sack drin?« Wir lauschten dem Weinen. »Besen, bleib da«, sagte ich. Ich ließ ihn los, und er fiel hinter mir auf den Boden. »Aua!« Ich ging zu Sack; ich beugte mich in den Kamin hinein und stupste ihr Bein am Knie an. Sack hörte auf zu weinen; sie drehte mir den Kopf zu, ganz schwarz, ganz rußig, und sie sah mich an, als wäre ich neu hier im Haus, ein lichter Fremdling, den man sich herbeiwünscht – nicht Hester, ihr Quell der Schande, nicht *das* hier.

Ich sagte: »Gott vergibt uns unsere Schuld.«

Sack packte mich, und sie zerrte mich in den Kamin. Jetzt kriegte *ich* Asche auf mein Kleid, meine Socken, meine Ellenbogen. Sack weinte auf mich, ihre Tränen liefen mir über Hals und Arme und Gesicht. Alles an mir wurde schwer, vollgesogen mit den Tränen von Sack. Ich brauchte eine Hand, die mich auswrang. »Gott vielleicht, aber nicht du – du darfst nicht!«, weinte Sack. »Ich muss dich verlieren, ich weiß es – es muss so kommen, es muss!« Das waren die Worte, fast nicht zu verstehen vor lauter Weinen, aber Hester hatte große Ohren und hörte sie doch.

Sack weinte noch ein Weilchen länger auf mich, dann sagte sie: »Steh auf, ich hab dir doch gesagt, du sollst fegen.« Ich kletterte hinaus und hob Besen auf, der dalag und wartete, und zusammen fegten wir unsere Asche auf, während Sack hinging und ihre in den Ausguss spülte.

Das Feuer in der Küche brannte heiß. Die Teller lehnten einer am anderen, und ich trocknete ab. Kochlöffel flüsterte mir etwas zu, aber ich konnte es nicht richtig hören. Stiefel sagte: »Hester, ab morgen gehst du zur Schule.« Er setzte sich an den Tisch und schaute mir in die Augen. »Uns wäre es lieber gewesen, du gehst nicht, aber da ist nichts zu machen. Wir wissen, dass du hierher gehörst. Du bist nicht so wie andere Kinder. Deine Mutter fühlt sich nicht wohl, Hester, wir dürfen sie nicht aufregen.«

Kochlöffel flüsterte: »Was ist Schule?«

Stuhl und Tisch antworteten: »Ein Ort der Entdeckungen.«

Sack zog mir das enge Kleid mit der Knopfreihe über den Kopf. »Ich will alles wissen, Hester. Ich will wissen, was du da machst.« Ihr Haar fiel ihr ins Gesicht; Strähnen hingen ihr übers Auge, aber die rosa Spinne sah ich trotzdem noch. Ich fragte mich, ob Sack mit ihr auch sehen konnte. Sah sie mit ihrem Spinnenauge andere Dinge als mit ihren zwei blauen? Konnte sie mit dem Spinnenauge das unsichtbare Netz sehen, seine klebrigen Fäden? Sie presste mich an sich. Ich roch Zucker und Klo. »Glaub ihnen nichts«, sagte sie.

Stiefel ging mit mir raus zum Wagen und öffnete die hintere Tür. »Leg dich hinten rein, Hester.«

»Warum?«, fragte ich ihn.

»Lass die Fragerei, jetzt wo deine Mutter nicht hier ist. Tu einfach, was ich dir sage. Ich darf nicht zu spät zur Arbeit kommen.« Ich kletterte auf die Rückbank, legte mich hin und horchte, wie der Wagen uns von der Cott Road Eins wegtrug.

Beim Fahren dachte ich mir Lieder aus und sang sie zur Wagenmusik. In einem Lied ritt Abraham auf einem Kamel, das Kamel hatte rote Strümpfe über seinen Hufen. In einem anderen Lied tanzte Jesus einen Tanz auf dem Wasser, und alle klatschten. »Noch mal!«, riefen sie. »Noch mal, Jesus, noch mal! Wir wollen mehr sehen! Mehr! Mehr! Zeig uns noch mehr! Mehr! Mehr! Tanz deinen Tanz auf dem Wasser noch mal! Mehr! Mehr! Mehr! Mehr!« Kurze Zeit später sagte Stiefel: »Wir sind da, Hester.« Er hielt den Wagen an und drehte sich auf seinem Sitz um. »Behalt deine Geheimnisse für dich, oder zu Hause setzt's was. So, und jetzt müssen wir los – hoch mit dir.« Ich rappelte mich auf, und Stiefel stieg aus und öffnete meine Tür. Das verbotene Freie strahlte auf, und ich sah alle seine Geheimnisse leuchten. Die Welt glänzte in einem sehr hellen Licht. Es war die Sonne, warm und gelb über den Bäumen und Wagen und Gehwegen und Blumen und Zäunen und Häusern und über den anderen Kindern, die herumrannten und lachten und nicht so waren wie ich. Ein summender Wind fuhr in meine Haare, die Sack fest zurückgebunden hatte, und blies sie mir ums Gesicht, dann fuhr er in die Bäume, er fuhr in die Hunde und die Häuser. Alles hob sich in die Luft, und ich mit. Hunde, Häuser, Wagen – alle wehten wir hoch Richtung Sonne, mein Kleid wehte mir über den Kopf, mein Mund wehte auf, und Lachen wehte heraus.

Stiefel und ich gingen zum Schulhaus. Es war aus Ziegeln gebaut, mit einer Veranda rundherum. Es hatte Fenster in langen Reihen, und jedes hatte ein weißes Kreuz in der Mitte. Meine Füße zitterten in meinen harten braunen Schnürschuhen. Meine Füße wären davongerannt, wenn die Schnürsenkel sie nicht gehalten hätten. Meine Brust klopfte gegen das Kleid und die Knopfreihe. Jesus rief mit seiner Trommel zum Fest, *wumm wumm wumm*. Das Licht über allen Dingen brannte mir in den Augen. Eine Dame mit Haaren in weichen Ringeln und rosa Farbe auf den Lippen kam die Verandastufen herunter. Ihr Kleid war aus grüner und blauer Wolle. Sie ging in einer Wolke aus Gras. Sie sagte: »Ich bin deine Lehrerin, ich heiße Mrs. Dane – und du bist Hester, stimmt's?«

Ich sagte: »Ich will keine Lügen erzählen«, und das Lächeln, das meine Lehrerin lächelte, verwandelte ihr Gesicht in eine Brücke, über die man gehen konnte. Sie sagte: »Das ist auf jeden Fall ein guter Anfang.« Ich ließ Stiefels Hand los.

»Auf Wiedersehen, Hester, ich komme dich heute Nachmittag abholen«, sagte er. Ich ging mit meiner Lehrerin den Weg hinauf, und als ich mich nach Stiefel umdrehte, waren er und sein Wagen von dem summenden Wind fortgeweht.

Meine Lehrerin öffnete eine Tür und führte mich in ein Zimmer. An den Wänden hingen bunte Bilder, manche mit Federn gemacht, manche mit Wolle und eines mit Stöckchen. An den Fenstern ringsherum waren keine Vorhänge. Durch jedes Fenster konnte man das verbotene Freie sehen. Das Zimmer hatte dieselbe Farbe wie die Sonne, die hereinschien. Es war voll mit Tischen und Stühlen und Kindern, die nicht so wie ich waren. Sie beobachteten mich aus ihren Stühlereihen mit Augen wie Insekten. Meine Lehrerin sagte: »Du kannst dich neben Mary setzen.« Mary hatte eine Lippe, die sich in ihre Nase reindrehte. Sie rutschte, und ich setzte mich hin.

Ein Junge flüsterte: »He, Fettmops.«

Ein Junge flüsterte: »Elefantenarsch«, und jemand lachte das Satanslachen.

Meine Lehrerin stand vorne. Ihre Stimme war die von meinem Lied, eine sanfte Glocke mit Fragen darin. Alle hörten zu. Manchmal hoben die anderen Kinder die Hand hoch, meine Lehrerin zeigte auf sie, und dann sagten sie: »Afrika« oder »Kontinent« oder »Eskimos«. Sie nahm ein Buch von ihrem Tisch. »Zeit für unsere Geschichte«, sagte sie. »Wer weiß noch, wie weit wir gekommen waren?«

»David hatte sich einen Ballon gebaut, mit dem er durch die Luft fliegen konnte«, rief ein Junge.

»Er musste Vorräte für ein Jahr einpacken, weil er um die ganze Welt fliegen wollte«, sagte ein Mädchen.

»Er wollte Eisbären und Löwen und Adler sehen!«

»Der Ballon war aus rosa-gelb gestreifter Seide!«

»Aus ihm kamen Flammen raus, deshalb konnte er fliegen!« Alle riefen durcheinander und übertönten sich.

»David ist auf der Suche nach seinem ...«

»Vater!«

»Der Zauberknöpfe macht.«

»Zuckerknöpfe!«

»Magische Zuckerknöpfe! Deshalb haben sie ihn ja entführt. Er besaß die Macht!«

»Schon gut, schon gut, ich sehe, ihr erinnert euch. Dann seid jetzt still.« Mrs. Dane lächelte und schlug das Buch auf. Sie fing an zu lesen. *»David inspizierte die Seile. Es war das erste Mal, dass er den Ballon bei Tageslicht sah. Wie er leuchtete, wie er ihm zu winken schien ...«* Sämtliche Ohren im Zimmer öffneten sich weit, um die eine Stimme von Mrs. Dane einzulassen. *»Die gewaltigen Bahnen aus rosa und gelber Seide blähten sich im Wind. Der große Augenblick war gekommen. Endlich konnte die Reise beginnen.«* Ich wandte den Kopf zur Seite. Vor dem Fenster stieg David in einem Ballon auf und lockte mich mit dem Finger.

Meine Lehrerin las und las. Unter David und mir lag die Welt wie ein Bild.

»So, ab in die Frühstückspause«, sagte meine Lehrerin. »Die Geschichte könnt ihr morgen weiterhören.« Die anderen Kinder stöhnten; niemand wollte, dass die Geschichte aus war. Dann scharrten all die Stühle und Tische über den Boden, und ich folgte den anderen aus dem Zimmer.

Die anderen wussten, wohin. Sie rannten hinaus auf das schwarze Viereck unter dem verbotenen Himmel, und da rannten sie weiter, in alle Richtungen um mich herum. Ich sah einen Baum mit einer langen flachen Bank darunter, da ging ich hin und setzte mich darauf. Ich schaute zu, wie die anderen Kinder kopfüber von bunten Stangen herabhingen und schaukelten und kreischten. Ein Kind rannte wie ein Pferd, das einen Wagen zieht. Zwei Mädchen kletterten auf einen Tisch und sangen und lachten. Satanssprache füllte die Schule. Mary stand allein auf der anderen Seite und schaute herüber. Über das ganze schwarze Viereck hinweg konnte ich in ihre Augen hineinsehen, so viel Platz war darin für mich.

Eine laute Glocke läutete, und alle gingen in das Zimmer zurück. Ein Junge sagte: »Was hattest du als Pausenbrot, Speckschwarte – deinen Bruder?« Kinder lachten in der Satanssprache, dann kam meine Lehrerin herein, und es wurde still im Zimmer. Wer war mein Bruder? Wo wohnte er? Was aß er?

»Fibeln raus, bitte.« Meine Lehrerin ging zu dem Tisch, an dem ich mit Mary saß. »Ich weiß, dass du noch keine Bücher dahast. Und dass du kein Lesen und Schreiben beigebracht bekommen hast, also müssen wir uns so behelfen.« Dann sagte sie zu den anderen: »Schlagt die Seite drei auf und fangt schon mal mit der nächsten Wörterliste an.« Dann zeigte sie mir ein A und ließ es mich nachmalen. Ich malte einen Strich nach oben, einen nach unten und einen mittendurch. Es war der Schnabel von Gottvogel. »A wie Apfel«, sagte meine Lehrerin und malte einen Apfel.

Als sie wieder vorne an ihrem Tisch war, sah Mary mein A an. »A wie Arsch«, sagte sie.

Es war die große Pause mittags. Ich ging zu der Bank von vorhin. Ich aß Sacks Käse, und ich aß Sacks Brot, und durch meine Hinterbacken sangen die Bankbretter ein Gesangsbuchlied. *Er beschenkt uns mit Gaben in Fülle.*

Nach der Mittagszeit legte die Lehrerin große Blätter Papier auf den Tisch in der Mitte, dann gab sie mir einen Pinsel. »Da«, sagte sie, »zum Malen.« Sie füllte weiße Näpfe mit allen Farben der Welt. Die Farben leuchteten wie nasse Sterne an einem Napfhimmel. Der Pinsel war aus Holz, wie Kochlöffel und Baum. So fest hatte ich noch nie etwas gehalten. Es kitzelte an den Fingerspitzen, als er mit mir sprach. »Ich bin dein Freund, Hester.«

»Wirst du mir Bilder schenken?«

»Ich schenke dir alles.« Jeder tunkte seinen Pinsel in die Farbe, und dann tunkte ich meinen Pinsel in die blaue Farbe. Ich setzte meinen Pinsel, nass von der blauen Farbe, auf das Papier, und von dem weißen Papier blinzelte mich Sacks blaues Auge an; eine Träne rollte langsam aus dem Augenwinkel. Ich malte, ich tunkte in alle Farben, und Pinsels Stimme wurde immer lauter, sie kitzelte meine Finger bis in die Knochen hinein. »Ich bin dein Freund, male, male!« Die Worte brachten mich zum Lachen. Meine Lehrerin sagte: »Was ist so lustig, kleines Fräulein?« Ich fing mein Lachen wieder ein, weil es von dem Teufel tief in mir drin kam, wo ich mit den Fingern nicht hinrühren konnte, aber ich malte weiter.

Ich malte einen Segen, einen Vogel, ein Gebet, einen Gehorsam, eine Katze, einen Thron, einen Schuh, ein kriechendes Getier, eine Heiligkeit, eine Lüge, ein Kreuz, ein Fenster und eine Spüle, von jedem ganz genau eins. Als Letztes malte ich Gottvogel, wie er durch eine Wolke aus Gras flog. Meine Lehrerin war da und fütterte ihn mit Äpfeln.

Meine Lehrerin berührte mich an der Hand, ich hörte zu malen auf, und Pinsel schwieg. Meine Lehrerin ließ ihre Hand auf meiner, und sie sagte: »Gut gemacht, Hester.« Mein Hals wurde lang, mein Körper streckte sich und füllte sich mit Luft voll, meine Beine wuchsen in die Länge, meine Ohren zogen sich weit auseinander, während das Wort *gut* in dem neuen weiten Raum in mir hüpfte und sprang.

Als die Schule aus war, wartete Stiefel in seinem Wagen draußen auf der Straße. Als er mich sah, stieg er aus und machte die hintere Tür auf. »Ich kann nicht jeden Tag kommen und dich abholen«, sagte er. »Ständig früher Feierabend machen, das geht nicht. Du musst mit dem Bus fahren wie alle anderen auch. Kathy wird es nicht passen, aber das hilft nichts.« Ich legte mich auf den Rücksitz, und die Freunde, die mir Bilder schenkten, waren bei mir, als ich die Augen zumachte. Ob wohl David inzwischen seinen Vater gefunden hatte, den Knopfmacher?

Sack lag im Bett, als ich heimkam. Stiefel befahl mir, leise zu sein für den Fall, dass sie schlief. Er ging mit Tee zu ihr hoch. Als er zurückkam, sagte er: »Du sollst das Gemüse fürs Abendessen schneiden. Wenn du damit fertig bist, sollst du zu deiner Mutter gehen und ihr erzählen, was heute in der Schule war.«

Ich schnitt die Karotten und die Paprika – beim Mais ging es nicht, weil er schon in lauter kleinen flachen Scheiben war. Und beim Schneiden schaute ich ganz genau hin, damit ich das A sah. Ich fand eins in Karotte, zwei in Paprika und gar keins im Mais. Als ich fertiggeschnitten hatte, ging ich nach oben zu Sack. Sie saß mit dem Kissen im Rücken in ihrem Bett. Sie sah mich an. »Verräterin«, sagte sie. Ich wusste nicht, was sie von mir wollte, also blieb ich stehen und wartete. »Komm her«, sagte sie. Ich ging zu ihr. Ihre Haare hingen immer noch über ihr eines Auge, und sie war nass im Gesicht. Ihre weißen Hände schnürten sich um mich wie ein Strick. »Lass dich anschauen.« Sah sie die Bilder, die ich gemalt hatte? Sah sie Mary auf der drüberen Seite des schwarzen Vierecks? Sah sie, welche Farbe das Schulzimmer hatte?

»Was hast du gemacht, was haben sie dir gesagt?«, fragte sie.

Ich wusste nicht, was sie von mir hören wollte, also sagte ich nichts. »*Was?*« Ich wusste immer noch nicht, was für eine Antwort sie wollte. Wenn man die Antwort nicht weiß, wie soll man sie dann sagen? Der Strick, der ihr Arm war, zog an. »Was wird aus dir werden?« Sie strich sich das Haar von dem Auge weg. »Geh in dein Zimmer.« Das machte ich, denn ich wusste, das wollte sie von mir. Ich setzte mich auf den Boden und suchte in der Bilderbibel nach A's. Ich fand eines im Lamm und ziemlich viele in Abraham und zwei in dem abgehackten Kopf von Johannes dem Täufer. Sack kam zum Essen nicht herunter. Stiefel und ich aßen alleine. Das einzige Geräusch waren die Stimmen von unseren Messern und Gabeln, während sie zusammen über die Teller kratzten.

»Das Fleisch festhalten ist ganz schön mühsam«, kratzte meine Gabel.

»Nicht so mühsam, wie es zu schneiden«, kratzte Stiefels Messer zur Antwort.

Nach dem Essen machte ich den Abwasch und fegte auf. »Besen?«, sagte ich.

»Ja«, antwortete Besen, *swisch swisch*.

»Ich habe heute einen neuen Freund bekommen.«

»Gut«, sagte er, *swisch swisch*.

»Und gemalt.«

»Was hast du gemalt?«

»Meine Lehrerin.«

»Magst du sie?«

»Ja.«

»Gut.« *Swisch swisch*.

Als ich fertig war, hielt Stiefel eine Flasche ans Licht, dass sie leuchtete. »Es ist ein Trick, Hester. Wie kommt das Schiff da hinein, würdest du das nicht gern wissen?«

Als wir am nächsten Morgen bei der Schule ankamen, sagte Stiefel mir, heute fährst du mit dem Bus nach Hause. Der Bus hieß *Mill Park Bus*, sagte er. Er zeigte mir, wo der Bus hielt. Ich sagte: »Was ist ein Bus?«

Stiefel schüttelte den Kopf und zeigte auf einen langen Kasten auf Rädern. »Das. Deine Lehrerin sagt dir, wann er fährt. Ich habe alles mit ihr besprochen.«

Meine Lehrerin malte Zahlen an die Tafel. Was zählen ist, wusste ich. Stiefel hatte mir gezeigt, wie der kleine Zeiger im Kreis rückt, vorbei an der Drei und der Neun bis hoch zur Zwölf. Meine Lehrerin zeigte mir, was übrig bleibt, wenn man etwas wegnimmt. Sie fragte mich: »Hester, weißt du die Antwort?« Ich wusste nicht, was sie von mir hören wollte, also sagte ich nichts. Als sie sich wieder zu ihren Zahlen an der Tafel hindrehte, lehnte ein Junge sich ganz nah zu mir herüber. »Du bist noch doofer als meine kleine Schwester, Specki. Du weißt ja echt null.« Mary lehnte sich über mich drüber, und ihre Hitze hüllte mich ein wie der Umhang, den Jesus in der kältesten Nacht im Garten trug, der Nacht vor dem Gericht, als er in der Höhle schlief. Sie flüsterte dem Jungen zu: »Deine kleine Schwester kann sich gehackt legen!«

Meine Lehrerin machte ein Lesepaar aus mir und Judith. Judith hatte zwei Schwänzchen aus gelbem Haar mit weißen Bändern darum. Wir saßen mit dem Buch auf dem Boden, und Judith hielt den Finger auf die Ameisenspuren auf dem Papier. Ihr Fingernagel war mit verkratzter rosa Farbe bemalt. Judith erzählte ganz langsam von dem Jungen und dem Haus und dem Ball und dem Hund und der Mutter. All die schwarzen Ameisenworte wanderten zu den Kratzern in der rosa Farbe in Judiths Finger hinein, dann durch die Hand Judiths Arm und Hals hoch und von da aus Judiths Mund heraus zu mir. Es war eine richtige Geschichte. Während Judith sie erzählte, machte ich die Augen zu, und sie schenkte mir Bilder. Ich sah den Hund herumhüpfen und den Jungen hinter ihm herlaufen, ich sah das Haus mit den zwei Fenstern und die Mutter, die sagte: »Komm rein.« Der Hund hatte einen Fleck überm Auge. So eine Geschichte wollte ich auch erzählen. Ich legte meinen Finger auf die Ameisenspuren, aber sie blieben, wo sie waren. Meine Lehrerin kam herüber und sagte: »Gleich noch mal, Judith. Hester, wir haben noch ein ordentliches Stück Wegs vor uns.« Was war ein *ordentliches Stück Wegs*?

Meine Lehrerin sagte: »Und jetzt helfen alle mit aufräumen.« Wir mussten Sachen vom Boden aufheben. Ich setzte mich auf den Teppich und hob alles auf, was nicht Teppich war. Krümel, Schmutz, Schnüre, Spitzerabfall. Je mehr ich aufhob, desto mehr entdeckte ich. Meine Lehrerin kam zu mir. »Das reicht schon, Hester. Dein Bereich ist sauber.« Aber ich sah noch mehr. Ich strich immer neu mit der Hand über den Teppich; immer neue Krümel rollten in meine Hand. »Hester, das reicht, jetzt ist freies Lesen dran. Du kannst solange in die Bibliotheksecke gehen und Bilderbücher angucken.« Meine Hand brannte von dem kratzigen Teppich, aber es kam immer neuer Schmutz nach. Es war meine Aufgabe, ihn aufzulesen. Meine Lehrerin beugte sich dicht zu mir herab, sie legte ihre Hand auf meine und sagte: »Es ist wunderbar sauber, danke dir.« Die Stimme meiner Lehrerin war eine sanfte Glocke. Sie bimmelte ihr Lied in meinem Ohr, als ich hinüber in die Bibliotheksecke lief.

In der Frühstückspause kam Mary zu mir. Sie hatte die Hand ausgestreckt. In der Hand lag eine Orange. »Magst du?«, sagte sie. Ich rührte mich nicht. Sie hielt die Orange in die Luft über unseren Köpfen. »Schau, eine Sonne aus Saft«, sagte sie. Sie zog die orangene Schale ab. Darunter war die Orange feucht und mit weißem Spinnennetz bedeckt.

Sie nahm ein Stück von der kleinen Sonne und steckte es sich in den Mund. Orangenes Wasser lief ihr zu einem Mundwinkel heraus. »Ein Stück Sonne gefällig?« In der Bilderbibel nahm Eva den roten Apfel und traf die Schlange. Mary hielt mir das orangene Stück hin. Die Schlange zischte und biss Eva in den Hals, und das war das Ende der Freiheit. »Nimm!«, sagte Mary. Ich nahm das Stück Orange aus Marys Hand. Ich steckte es mir in den Mund und wartete auf das Ende der Freiheit. Orangenes Wasser sprang in die Luft, als ich kaute. Die Sonne schien in meinem Mund. Mary lächelte, und die Lippe, die zu ihrer Nase hochgedreht war, lächelte mit. Die Glocke läutete, und wir liefen ins Schulzimmer, unsere Münder voller Orange.

Meine Lehrerin ließ mich malen, während die Kinder, die nicht so wie ich waren, buchstabierten und rechneten. Sie gab mir den Pinsel und die Näpfchen mit den Farben und sagte: »Du malst, wozu du Lust hast.« Ich malte meinen Bruder und die kleine Schwester von dem Jungen und David im Ballon. Meine Lehrerin warf kein einziges von meinen Bildern in den Abfall. Sie sagte: »Nimm sie mit nach Hause. Mary fährt im selben Bus wie du.« Ich wartete mit Mary. Wir standen unter einem kleinen Dach. Die Jungen um uns rum sagten: »Hirnis« und »Spastis«. Mary reckte ihnen ihr Gesicht hin. »Fickt euch ins Knie, ihr Flachwichser«, sagte sie, und die Jungen rückten weg. Mary sah mich an und schnaubte Luft durch die Nase mit der hochgestülpten Lippe dran. Dann kam der Bus, und ich stieg hinter Mary ein. Es war heiß, lauter Reihen mit Kindern, und alle lachten das Satanslachen. »Bahn frei für die Hirnis«, sagten sie.

Mary sagte: »Fickt euch«, und wir setzten uns zu zweit auf einen Sitz, und Mary zeigte mir die Straßen, wo sie auf ihrem Roller mit den Hunden rumgekurvt war. »Was ist ein Roller?«, fragte ich. Mary hielt beide Fäuste hoch und tat so, als würde sie um eine Ecke lenken. »So einer, weißt du?«

Mary sagte, ein Hund von ihr hätte Pik-As geheißen und einer Whiskey, weil ihr Dad ein Kartenspieler und ein Säufer ist, aber dann hätten die Hunde die Nachbarshennen und Sissys Kaninchen gefressen und ihr Dad wäre mit ihnen rausgefahren zur Mülldeponie und sie hätten dran glauben müssen. Hunde hätten sie keine mehr, sagte sie, aber in dem vergessenen Teich gab es

Frösche, und einer davon war ihr spezieller Freund, er hieß Grün, und irgendwann würde er vielleicht sogar sprechen.

Ich schaute zum Fenster hinaus und sah Wasser aus einem langen Rohr durch die Luft sprühen, und dahinter einen Mond aus Farben, alle aus Kesseldampf. Mary sagte: »Schau, ein Regenbogen. Wünsch dir was!«

»Wie geht wünschen?«, fragte ich.

»Du machst die Augen zu, und du wünschst es dir einfach. Du siehst es in Erfüllung gehen. Schnell! Bevor der Regenbogen weg ist!« Ich machte die Augen zu, und ich wünschte es mir einfach. Ich sah es in Erfüllung gehen.

»Was hast du dir gewünscht?«, fragte Mary, als ich die Augen wieder aufmachte. »Mir kannst du's ruhig sagen, es gilt trotzdem.«

»Ich habe mir gewünscht, dass der Frosch redet.«

»Eines Tages redet er, wir müssen bloß warten.« Der Bus bog in die Cott Road ein. »Hier musst du aussteigen, Mrs. Dane hat es mir gesagt.«

Durchs Fenster sah ich Sack warten. Sie hatte die Schuhe an, die hinten spitz hochgingen, aber ihr Schlafkleid mit den grauen Rosen war dasselbe. Sie stand mit verschränkten Armen da, und sie schaute suchend in die Busfenster. Gott der Herr hielt ihr Gesicht fest zwischen Zeigefinger und Daumen eingezwickt. Ich winkte durchs Fenster, und Gott ließ Sacks Gesicht los, als ich auf die Straße rauskletterte. Ich wollte stehen bleiben und Mary zum Abschied winken, aber Sack drehte mich um, und wir gingen mit eiligen Schritten die Cott Road hinunter. Auf beiden Straßenseiten waren große Wiesenstücke mit hohem Gras, wo Häuser hingekonnt hätten. Die Cott Road Eins stand ganz am Ende, wo keine anderen Straßen abzweigten. Sie stand für sich allein. Ich war der Freund von Cott Road Eins, und Türknauf, Besen und Axt waren auch ihre Freunde. Aber sonst keiner.

Meine Bilder versteckten sich in meinem Schulranzen im Seitenfach. Sie drückten sich eng aneinander in dem dunklen Fach.

Als ich in mein Zimmer kam, holte ich sie heraus und versteckte ein paar zwischen den Seiten der Bilderbibel, ein paar zwischen den Seiten des *Illustrierten Gesangbuchs* und ein paar unter meinem Betttuch, damit ich mich in der Nacht umdrehen und meine Bilder reden hören konnte, *ka-wasch, ka-wasch*. Meine Bilder waren ein Geheimnis, und Geheimnisse wachsen, wenn man sie in Ruhe lässt. In der tiefsten Nacht rutschten meine Bilder zwischen den Seiten der Bilderbibel und des *Illustrierten Gesangbuchs* hervor. Weiße Papiervögel mit gemalten Flügeln flatterten in meinem Zimmer herum. Sie flogen um mein Bett, und dann landeten sie gurrend auf dem Kopfbrett.

»Es ist Herbst«, sagte meine Lehrerin, »die Zeit, wenn die Blätter fallen. Lauft raus in den Pausenhof und sucht jeder ein Blatt.« Wir rannten auf dem schwarzen Viereck herum, in der Herbstsonne, die mit Kälte vermischt war. Mein Blatt lag neben dem Schulzaun auf dem Rücken. Es hatte seinen eigenen Baum in sich drin. Als wir wieder ins Zimmer kamen, gab meine Lehrerin uns Papier, durch das man durchgucken konnte. »Zum Abpausen«, sagte sie. Wir legten unsere Blätter unter das Abpauspapier und zeichneten mit dem Bleistift ihre Form nach. Dann schnitten wir sie mit einer kleinen Schere mit orangenem Griff aus. »Schreibt euren Namen auf das Blatt«, sagte meine Lehrerin. Sie kam und schrieb für mich meinen Namen auf mein Blatt. Meine Lehrerin hängte die Blätter an einen Baum aus Pappe. Ich sah mir die Blätter von allen an, und jedes hatte seinen eigenen Baum in sich drin, wie meins. Der Wind blies durchs Fenster, und die Namen tanzten. Mein Name tanzte auch, genau wie all die anderen.

Meine Lehrerin erzählte eine Geschichte von einem Elefanten, der auf einem Ei saß. Ein Elefant hat ein Bein als Nase und ist der Freund von jedermann. Das Ei platzte auf, und heraus kam ein Elefant mit Flügeln. Er konnte fliegen und alles behalten. Wenn jemand alles behält, dann bleibt es in ihm drinnen und wächst dort, und wenn er es erzählt, ist es trotzdem nicht weg. Elefanten behalten, was gestohlen worden ist, und sie behalten, wer der Dieb war, aber nur wenige Menschen können das. »Es ist eine Geschichte über Glauben und Vertrauen«, sagte meine Lehrerin.

In der großen Pause sagte Mary: »Komm mit mir zu der Pfütze, wo der Frosch wohnt.«

»Was ist ein Frosch?«, fragte ich.

»Komm und schau.« Die Pfütze war so tief wie ein See, mit einer weißen Tüte und einem Schuh, der schwamm.

»Das ist die Pfütze«, sagte Mary.

»Was ist ein Frosch?«, fragte ich.

»Ein Frosch ist klebrig und grün, und er hüpft und redet mit dir. Das Lied der Frösche ist das älteste Lied überhaupt – noch älter als Vogellieder. Das weiß bloß keiner.« Wir warteten auf den Frosch in der Pfütze. Wir gingen mit den Füßen hinein. Mary zeigte mit einem Stock auf meine Beine. »Was sind das für Flecken?«

Ich sagte: »Die Welt ist ein Sündenort.«

Mary sagte: »Du bist meine erste Freundin hier.« Wir warteten auf den Frosch, bis die Glocke läutete, und Mary sagte: »Beim nächsten Mal kommt er, wir müssen nur geduldig sein.«

Meine Lehrerin sagte: »Bringt etwas von zu Hause mit, was ihr den andern gern zeigen wollt, und erzählt uns die Geschichte dazu. Etwas, das euch wichtig ist.«

Am nächsten Tag brachte Tim zwei kleine Männer mit Hüten und Stöcken mit. »Das sind Soldaten von meinem Großvater«, sagte er. »Mein Großvater war im Krieg. Sein Bruder Sam war auch im Krieg, aber er ist nicht zurückgekommen, nur mein Großvater. Jetzt wohnt mein Großvater bei uns, und manchmal geht er mit mir ins Kino. Wir essen alles, was wir wollen, weil er so gern Süßes mag.«

Sarah brachte eine lilane Pflaume mit. »Die ist von einem Baum bei uns im Garten«, sagte sie. »Mein Vater macht Marmelade. Sonst kocht er nie irgendwas, aber jedes Jahr macht er Marmelade aus diesen Pflaumen, und alles ist damit vollgespritzt, sogar die Wände, weil er nicht aufpasst, aber es ist keine Marmelade für Brot, es ist Marmelade für Eis.«

Jane brachte einen Stein mit Kreisen und einem Loch mit. »Der ist vom Strand, und wenn man ihn sich ans Ohr hält, dann hört man es. Wir sind letzte Weihnachten ans Meer gefahren, und ich bin mit meinem Onkel Peter ganz weit rausgeschwommen, und er hat mir gezeigt, wie man auf einer Welle bis ganz zurück zum Strand reitet. Onkel Peter war früher Rettungsschwimmer, und er hat Haie gesehen. Er sagt, einmal hat ihn ein Hai so erschreckt, dass er sich danach nicht mal mehr in die Badewanne getraut hat.«

Was für eine Geschichte wollte ich erzählen, wenn ich an der Reihe war? Katze kringelte sich um meine Beine, aber Katze konnte ich nicht mitbringen, weil sie zappelte und nicht still hielt und machte, was sie wollte. Ich lag auf meinem Bett und schickte meine Augen die Wände entlang. Die Bilder raschelten unter mir, *ka-wasch ka-wasch*, wenn ich mich bewegte. Ich zog ein Bild von Gottvogel heraus.

Am nächsten Tag war ich an der Reihe. Meine Lehrerin lächelte mich an. »Was ist mit dir, Hester, was hast du uns mitgebracht?« Ich stand langsam auf. Jemand sagte: *Zu dumm zum Scheißen*. Ich ging an den Tischreihen vorbei nach vorn. Ich hielt das Bild von Gottvogel hoch. Er flog seine Kreise um meinen Kopf, während ich an der Stange hing. »Er redet mit einem, wenn man aufgehängt ist.«

Eine Wolke aus Schweigen senkte sich über das Zimmer. »Danke, Hester.« Die Lippen meiner Lehrerin pressten sich zu einem dünnen Lächeln zusammen.

»Er kommt zu mir, wenn ich zur Strafe aufgehängt bin.«

»Danke Hester, das reicht«, sagte meine Lehrerin, jetzt ohne Lächeln.

»Er redet. Er sagt, *alles wird gut, alles wird gut.*« Niemand im Zimmer sagte etwas, niemand bewegte sich. Die Wolke aus Schweigen hielt alle fest. »Er hat einen schwarzen Schnabel, er könnte allen die Augen aushacken, wenn er wollte. Er könnte seinen Schnabel reinstecken, und dahinter wäre gar nichts. Gar nichts! *Pick pick pick!* Er kommt, wenn ich aufgehängt bin. Er sagt …«

»Danke, Hester, das reicht!«, sagte meine Lehrerin scharf.

»Er kommt, wenn Sack mich aufhängt.«

»Der Nächste, bitte«, sagte meine Lehrerin und drehte sich weg. »Christopher, möchtest du uns auch etwas zeigen?«

Als ich heimkam, kniete Sack auf dem Boden und wischte die Fächer aus. Eine Tasse mit ungetrunkenem Tee stand auf dem Tisch. »Es hört nie auf«, sagte sie in die Schrankdunkelheit. Sie drehte sich zu mir um. »Und? Was war heute?«

Mein Tag kam aus mir herausgepurzelt, in der Satanssprache, die zu lange unbenützt geblieben war. »Mein Name hat getanzt.«

»Was?«

»An einem Baum.«

»Wie getanzt? Was für ein Baum?«

»Ein Windtanz an einem Baum aus Pappe.« Ich hob die Arme hoch, stellte mich auf die Zehenspitzen und tanzte in der Küche herum wie das Blatt mit meinem Namen – um den Tisch, über die Stühle, am Fenster vorbei.

Sack warf ihren Tee nach mir. Er brannte, aber nicht sehr, weil Sack ihren Tee immer nur warm mochte, nicht heiß. Ich stand still, tropfend. Mein Tanz war vorbei. Sack goss sich warmen Tee nach.

Als ich aufwachte, lag ich am Fuß der Treppe. Ich weiß nicht, warum ich am Fuß der Treppe aufwachte. Ich hatte wehe Knie, wehe Ellbogen, und der Nacken tat auch weh. Treppen waren zum Hoch- und Runtersteigen, Treppen waren zum Ausrutschen, Treppen waren eine Strafe und der Weg in mein Zimmer. Stiefel wollte, dass Sack es gut sein ließ. »Kathy, kannst du es nicht endlich gut sein lassen?«

»Das sagst du mir – ihrer Mutter?«

»Ich glaube nicht, dass sie es versteht.«

»Dann muss sie es lernen. Das hier ist meine Sache, nicht deine.« Da ließ er uns allein, und wir machten weiter mit dem Lernen, ich mit einem schwarzen Sack über den Augen und Kerben in den Knien vom harten Boden.

Mary und ich aßen unser Mittagessen zusammen unter dem Baum. Mary hatte nur einen Apfel mit. Sie sagte: »Krieg ich was von dir ab?« Ich gab ihr mein Brot. Mary riss sich ein Stück herunter und gab mir den Rest zurück. Wir aßen das Brot, dann kletterte Mary auf den tiefsten Ast, hakte ihre Knie darüber und ließ sich herunterhängen. »Ich bin ein Flughund!« Ihr Rock fiel ihr über den Kopf, und unter dem Rock kam ein Kreischen hervor, das mit Lachen vermischt war. Sie schaukelte hin und her beim Hängen. »Komm, Hester!«, sagte sie und schob ihren Rock ein Stück hoch. Ihr Gesicht war ganz rot. Ich kletterte langsam zu ihr auf den Ast. Ich zitterte. »Komm schon, Flughund!«, sagte Mary. Mein ganzer Körper zitterte, als ich meine Knie einhakte. »Keine Angst, kleiner Flughund«, sagte Mary. Vorsichtig ließ ich mich immer weiter hinab, bis ich auch hing. Die Welt war umgestülpt. Der Boden war aus Wolken gemacht. Mary biss von ihrem Apfel ab, nahm ihn wieder aus ihrem lachenden Mund und ließ mich abbeißen, alles beim Hin-und-her-Schaukeln. Süßer Apfel füllte mir den Mund. Eine Ewigkeit aus Wolken breitete sich zu meinen Füßen.

»Hester, du bist jetzt groß genug für eine neue Aufgabe.« Stiefel stand hinter mir, während ich die Simse an den Küchenfenstern mit dem Lappen abwischte. »Du bist alt genug, um draußen das Holz für den Ofen zu hacken.« Er öffnete mir die Hintertür, und ich sah Baum und das Gras und um die Ecke die Leine zum Wäscheaufhängen. Es war das verbotene Freie. Stiefel ging zu der Stelle, wo Axt an der Wand lehnte und ein Päuschen machte, und schwang sie in die Höhe, dann ließ er sie in das Holz fallen, das auf dem Hackklotz wartete. Holz jammerte »Nicht!« und »Nein!«, aber Axt sauste trotzdem herab. Sie musste; es war ihre Aufgabe.

»Es ist einfach das Gewicht der Axt, das das Holz spaltet, es braucht weniger Kraft, als man denkt«, sagte Stiefel. »Siehst du die Rillen, die schon da sind?« Sein Finger strich die schwarzen Rillen entlang. »Auf die muss die Axt treffen.« Ich folgte den Rillen; ich ließ Axts Kopf in sie hineinsausen, sodass das Holz auf dem Hackklotz in zwei Teile zersprang.

»Sehr gut, Hester. Und die Scheite schichtest du auf einen Haufen und bringst so viele nach drinnen, dass der Holzkasten voll ist.« Stiefel sah mir beim Hacken zu. »Was erzählen sie dir in der Schule so alles?«, fragte er mich. Ich sagte nichts, weil ich nicht wusste, was für eine Antwort er wollte. »Ganz egal, was sie dir sagen, du hörst nur auf deine Mutter und deinen Vater.«

»Wieso bist du mein Vater?«

Stiefel schüttelte den Kopf über mich und ging ins Haus zurück.

Axt und ich ließen uns Zeit (ich musste gut auf sie achtgeben, sonst sauste sie an dem Holz vorbei und zielte nach meinem Fuß). Während wir hackten, sang Axt den Rillen ein gemütliches Holzhack-Lied vor, *tschuk tschuk tschuk, ja ja ja, mehr mehr mehr, tschuk tschuk tschuk, ja ja ja, mehr mehr mehr.* Als alle Scheite gehackt und fertig waren, trug ich sie in die Küche. Sie wohnten in einem Kasten. Sie hatten es ruhig und dunkel in dem Kasten. Sie schliefen und träumten von Hester und Axt und davon, wie weh das Zerhacktwerden tat.

Ich öffnete die rote Klappe am Holzofen. Feuer rief mir zu: »Ich habe Hunger, Hester«, und tanzte seinen Springtanz. Ich nahm ein Scheit aus dem Kasten, und ich schob es hinein. Das Feuer machte meine Hände heiß, wenn ich zu nahe herankam. Ich sah dem Feuer zu, wie es das Holz auffraß. Holz schrie zu mir heraus: »Hester, Hilfe, Hilfe! Das tut weh!«, aber wie sollte Hester ihm helfen? Meine Aufgabe war es, dieses hungrige Feuer heiß und am Lodern zu halten.

Mary und ich warteten bei der Pfütze auf den Frosch. An manchen Tagen war die Pfütze größer als an anderen. Es schwammen immer neue Sachen darin. Ich deutete mit einem Stock und sagte: »Was ist das, Mary?«

»Eine Chipspackung«, sagte sie.

Ich sagte: »Was ist das, Mary?«

»Eine Coladose«, sagte sie. Wir beugten uns tief zu der Pfütze herab, und ich rührte mit meinem Stock, als ob die Pfütze eine Suppe wäre. Dann sagte Mary: »Ich hatte nie Freunde, weil mir der Arzt die Lippe von der Nase weggeschnitten hat, als ich aus dem Bauch von meiner Mutter gekommen bin. Er hat es absichtlich gemacht«, sagte sie, »damit die Luft ein Loch hat, durch das sie herauskommen kann, und wenn ich das Loch nicht hätte, müsste ich die Radieschen von unten anschauen – aber es bedeutet, dass ich keine Freunde habe.« Sie warf einen Stein in die Pfütze und sah mich an. »Bis jetzt.« Das Wasser machte Kreise, die immer größer wurden.

Als wir am nächsten Tag hinkamen, war die Pfütze weg. »Wollen wir woanders auf den Frosch warten?« Ich nickte: ja! »Dann komm mit.« Ich lief mit Mary um die Schule herum. Sie hielt den Draht an dem Zaun hoch. »Kriech drunter durch.« Ich kroch drunter durch, und Mary sagte: »Jetzt halt du ihn mir hoch.« Ich hielt den Draht hoch, und er schnitt mir einen Blutstreifen in die Hand, aber ich erlaubte ihm nicht, dass er Mary schnitt. Wir waren in der Welt hinter der Schule. Wir gingen über eine Straße ohne irgendwelche Wagen oder Busse, und dann standen wir im Gras oben auf einem Hügel. An seinem Ende waren Bäume und Gebüsch. Wir rannten den Hügel hinunter. Mary lachte beim Rennen. Sie warf sich ins Gras. »Ich bin ein Ball!«, rief sie und rollte. Mein Lied sang, ich legte mich hin und wurde auch ein Ball. Mary und ich waren zwei kullernde Bälle. Die Welt machte Purzelbäume, und überall um uns herum waren unsere Lachgeräusche. Unten sagte Mary: »Komm, wir laufen zum Bach.«

»Was ist ein Bach?«

Mary rannte voraus und rief über die Schulter: »Du weißt aber auch gar nichts!« Zweige peitschten unsere Backen und Knie, als Mary und ich auf dem Schlängelpfad durch das Gebüsch rannten. Schneller und immer schneller rannten wir, mit großen Sätzen über Steine und umgefallene Bäume. Der Himmel über uns, die Büsche rings um uns, der steinige Boden unter unseren Füßen, alles rief: *schneller, Mary und Hester, schneller, hopp hopp hopp!*

Dann war der Pfad zu Ende, und vor uns schoss eine glänzende, zischende Schlange aus Wasser zwischen den Bäumen hindurch. Wir gingen dicht an das Wasser heran. »Beißt es auch so wie die Schlange?«, fragte ich Mary außer Atem.

»Es beißt nicht, es spritzt«, sagte sie, und sie tauchte die Hand hinein und spritzte mich an. Das Wasser war kalt an meiner Backe. »Komm schon, Fröschlein, komm schon, Fröschlein«, flüsterte sie in das Wasser.

»Komm schon, Fröschlein, komm schon, Fröschlein«, flüsterte ich mit ihr mit. Wir warteten. Ich hörte die Schlange aus Wasser schlängeln, ich hörte Vögel und Bäume. Ich horchte nach dem ältesten Lied der Frösche. Mary zog sich die Schuhe aus und hielt ihre Zehen ins Wasser. Ich machte es ihr nach. Dunkler nasser Schlamm quoll zwischen unseren Zehen hervor. »Wir spielen, Seife sollte aus Schlamm sein«, sagte Mary und wusch sich die Beine mit der Schlammseife. Ich wusch mir meine damit. Die Seife machte meine weißen Beine braun. In Schlammsocken rannten wir das Ufer entlang. Mary stieß ihre Fußspitzen in das Wasser. Es spritzte in hohem Bogen, ich sah die ganze Welt durch Wasser – aufgelöst, ohne Rand.

Wir setzten uns in das kühle Gras neben dem Bach und warteten auf den Frosch. Wir warteten eine Zeitlang schweigend, und dann sagte ich zu Mary: »Ich will nicht, dass der Frosch kommt.«

»Wieso nicht?«, fragte sie mich.

»Weil du dann sagen wirst: ›Das ist der Frosch, jetzt hast du ihn gesehen, jetzt können wir zurückgehen.‹«

»Wenn der Frosch wirklich kommt, dann laufen wir mit ihm

weg. Wir reiten auf seinem Rücken, und er singt uns sein Lied vor. Aber erst mal müssen wir trotzdem zurück. Die große Pause ist gleich um.« Mary zog sich die Schuhe wieder an und stand auf. Ich zog mir meine an und schaute hoch zu Mary. Die Sonne war hinter ihrem Kopf, und sie blendete meine Augen. In der Bilderbibel kommt der Engel Gabriel auf Besuch, und die Sonne steht ihm genauso hinterm Kopf wie Mary. »Du bist Gabriel«, sagte ich ihr.

»Du bist bekloppt.« Sie fasste mich bei der Hand, und wir liefen zurück zu dem Drahtzaun und zum Schulhaus.

Wenn man Sack nichts von einem Bach erzählte und von einer Lippe, die von der Nase weggeschnitten worden war, und zwei kullernden Bällen und Marys Lachen und meinem Lied, war das dann eine Lüge? Ich wusste es nicht. Ich lag in meinem Bett und sah hoch zu den Rissen, die geformt waren wie zwei Flügel. »Herr«, fragte ich, »was ist eine Lüge? Ist es schon, wenn man eine Sache nicht erzählt?« Der Herr sagte nichts; er redete nur zu Sack.

Am nächsten Abend legte sich Sack früh mit ihrem schlimmen Rücken ins Bett. Sacks schlimmer Rücken sang ihr Lieder vor, wenn sie zusammen im Bett lagen, und verkündete ihr Worte der Hoffnung aus der Bibel. Ich musste ihr weiße Pillen bringen, für die Schmerzen und zum Schlafen. Stiefel und ich waren unten. Stiefel mischte Bootsleim in einem kleinen Topf. Die leere Flasche stand wartend da. Ich lag bei Katze auf dem Boden. »Möchtest du denn nicht Stift und Papier?«, fragte Stiefel mit einem Lächeln.

»Nein«, sagte ich. Farben auf dem Schultisch waren besser als ein Bleistift zu Stiefels Füßen.

»Aber du malst doch so gern deine komischen kleinen Krakel – warum willst du plötzlich nicht mehr?«

»Nein«, sagte ich. Katze sprang über meinen Bauch und machte eine Rolle. Ich lachte in Satanssprache.

»Was macht ihr so in eurer Schule?«, fragte Stiefel. Katzes Schwanz kitzelte mich an der Nase. »Was macht ihr da?« Ich wusste nicht, was Stiefel von mir hören wollte, also blieb ich stumm, während Stiefels Augen von meinen Zehen hochspazierten über den Rest von mir.

In dieser Nacht wachte ich auf, leise Fußsohlen auf meinem Boden, mein Zimmer eine schwarze Decke. »Ich bin's bloß«, sagte Stiefels flüsternde Stimme.

»Setzt's jetzt was?«, fragte ich.

»Hetty, pscht«, sagte Stiefel. Er kam mit weichen Schritten zu meinem Bett und setzte sich hin, sodass ich in die Mitte rollte. Er streichelte mir den Kopf, wie ich Katze streichle. Ich tauchte in meinen Vogeltraum ein, aber Stiefel holte mich zurück. Er steckte seine warme Hand unter die Decke. »Pschscht.« Halb war es ein Kitzeln, halb ein Hauen. Sie bewegte sich schneller, sie kam unter mein Nachthemd, und dann kam Stiefel in mein Bett. Mein Bett machte ein Knarzgeräusch. Ich lachte, und dann lachte ich doch nicht. »Nicht weinen, Hetty, schschscht.« Stiefels Hand legte sich auf meinen Mund, meine Geräusche blieben zwischen seinen Fingern stecken. Er lag neben mir, er füllte das ganze Bett aus. Ich kniff die Augen so fest zu, wie ich nur konnte, ich machte mich klein und dann noch kleiner, bis ich eine winzige Maus in ihrem Mauseloch war. So war mehr Platz für Stiefel.

Stiefel zog seine Schlafanzughose herunter wie ein Mann, der aufs Klo geht. *Quiek quiek*, machte die Maus. »Nicht weinen, Hester, sei ein braves Mädchen.« Ich lag so still wie Lots Weib. Stiefel wälzte sich auf mich. *Knarz knarz*, sagte das Bett. »Böses Bett!«, sagte Lots Weib. Weiter unten in meinem Bett wuchs ein starker Baum, stärker als Baum draußen im Garten, stärker als Straßenbaum, stärker als Schulbaum mit der Bank. Stiefel stieß den Baum in Hester hinein. Sein Atem ging schnell, und seine Hand lag auf meinem Mund und auf einem Teil von meiner Nase, um alle Geräusche einzufangen.

Der Baum bohrte sich durch meine Haut, damit seine Äste meine Arme und Beine entlangwachsen konnten. Die Äste wuchsen mir aus den Fingern, sie wuchsen mir aus den Ohren und Augen und brachen oben zu meinem Kopf heraus. Sie breiteten sich über das Bett und spannten sich unter der Zimmerdecke entlang, bis ich nichts mehr sah als nur Äste. Der Baum schnitt mich in Stücke, so wie Sack das Abendessensfleisch schnitt. Blut sprühte aus den Stellen, wo ich zerschnitten worden war. Ich machte ein Geräusch, das zu groß war, als dass Stiefels Finger es auffangen konnten, und dann spannte Gottvogel oben an der Decke seinen Flügel aus, unter dem ein Lied war, und sagte: »Versteck dich.« Ich ließ Stiefel allein mit dem Baum und Lots Weib, und ich ging zu Gottvogel und versteckte mich in dem Lied unter seinem Flügel.

Als ich zurückkam, war in meinem Bett nichts mehr außer dem Brennen, und das brauchte genauso viel Platz wie Stiefel.

Die Treppe stieg ich am nächsten Morgen langsam und steif hinunter. Splitter steckten mir noch von der Nacht unter der Haut. Sack scheuerte an der letzten Stufe herum. »Die Ritzen stecken voller Dreck, wenn du hinschaust. Komm, hilf mir.« Sie tauchte ihren Schrubber in den Eimer. Heißes Wasser schwappte über den Rand. Ich kniete mich neben sie und half ihr scheuern. Ich sah dem Dreck zu, wie er aus den Ecken hervorkam und in meine Bürste kroch.

»Redest du in der Schule mit Jungs, Hester? Schauen sie dich an? Lass dich von keinem Jungen anfassen. Was für Sachen erzählen sie dir in der Schule?«, fragte mich Stiefel, während ich das Holz hackte. Er sah ängstlich aus. *Tschuk tschuk tschuk, ja ja ja, mehr mehr mehr,* sang Axt. Ich hätte sagen können, dass kein Junge mich anfasste, aber dass einer Elefantenarsch zu mir sagte und dass Mary mich bei der Hand nahm, aber ich sagte nichts und überließ das Reden Axt, *tschuk tschuk tschuk, ja ja ja, mehr mehr mehr.*

In der Schule malte ich Marys Lippe und Nase. Sie flossen mit der Schlange aus Wasser zusammen und trugen uns bis hin zu dem Frosch. Meine Lehrerin sagte: »Möchtest du deinem Bild vielleicht einen Namen geben?«

»Der Engel Gabriel und das älteste Lied«, sagte ich.

Meine Lehrerin schüttelte den Kopf und lächelte. »Du bist wirklich ein Rätsel, Hester.«

Mary und ich standen mit den Kindern, die nicht so wie ich waren, unter dem Unterstand und warteten auf den Bus. Will kam zu mir herüber und sagte: »Wieso bist du so plemplem?«

»Verpiss dich«, sagte Mary.

»Na, dann verrat du's mir doch, Mary. Warum ist sie so plemplem?« Will sah sich zu den anderen Jungen um. Sie lachten.

»Verpiss dich, hab ich gesagt!« Diesmal sagte Mary es lauter.

»Ich hab dir eine höfliche Frage gestellt, also antworte auch höflich.«

»Vergiss es!«

»Wieso, bist du auch plemplem?«

»Ach, fick dich doch.«

»Dein Dad ist ein Alki, fick *du* dich lieber!«, sagte Will und machte einen Schritt auf Mary zu.

Mary stellte sich vor mich und klatschte ihm die offene Hand auf die Backe. Will wich zurück, Mund und Augen weit aufgesperrt. »Fick dich«, sagte sie und schnaufte schwer durch die Nase. Ihr Gesicht war noch röter als neulich, wo wir als Flughunde am Ast gehangen hatten. Will rieb sich die Backe. Aus seinen Augen sprang frisches Wasser; es sprudelte aus der Quelle seiner Scham. Er ging ein Stück rückwärts. Zwei Jungen kamen ganz nah zu mir und Mary. Sie waren aus der großen Klasse. Einer schubste Mary so, dass sie gegen den anderen stolperte.

»Iiih, weg da, Mary, steck mich nicht an, ich will kein Gesicht wie du haben!« Ein großer Junge zog an seiner Lippe und drückte die Nase nach oben, sodass sein Gesicht ganz verdreht war. »Weg da, Hasenscharte!« Er schubste sie gegen den ersten Jungen. Mary haute ihn auf sein Kinn. Er haute zurück, nicht sehr fest. Wenn er gewollt hätte, hätte er fester hauen können. Beim nächsten Mal würde er es.

Vögel flogen über unseren Köpfen. Ein Kreis aus Kindern, die nicht so wie ich waren, stand um Mary und die großen Jungen herum. Sie standen da wie die erlauchte Gesellschaft aus dem Hängeraum. Ich war in dem Kreis, und ich war über dem Kreis, bei den Vögeln, die wegflogen. Mary stürzte sich auf den großen Jungen, sie fasste ihn um seine Hüften und versuchte ihn umzuschmeißen. Er stieß sie mit Wucht auf den Boden. Der Kreis schaute zu. Ich war selber Teil meiner erlauchten Gesellschaft. Die Vögel riefen sich quer über den Himmel, *kra kra kra!*

»Fickt euch, ihr Arschlöcher!« Ein Blutstropfen kam aus Marys Nase. Die Vögel waren schwarze Punkte in weiter Ferne, als ich gegen den großen Jungen rannte und seinen großen Kopf gegen die Wand hinter ihm stieß. Ich hörte ihn anschlagen. Der Unterstand wackelte. Der Junge stand nicht wieder auf. Der Bus kam. Ich nahm Marys Hand, und wir stiegen ein. Diesmal sagte niemand *Spastis*. Wir saßen nebeneinander, ohne zu reden. Das Blut machte eine schwarze Kruste um den Rand von Marys Nasenloch.

Eine Schnur, die keiner sehen konnte, wuchs von mir zu Mary. Die Bilder in meinem Kopf flossen durch die Schnur wie Wasser durch ein Rohr und in Mary hinein, und Marys Bilder flossen durch die Schnur zurück und in mich. Die Schnur spannte sich und machte einen Knoten um uns. Mary sagte: »Wenn du heute Abend nach Hause kommst, denk an mich. Denk dir aus, was ich mache und was ich anhabe, und ich denk es mir für dich aus. Und morgen können wir uns dann erzählen, ob wir richtig getippt haben.«

Es war Abendessenszeit. »Du isst nicht genug. Diese Schule macht dich krank. Ich habe heute Fisch gekocht, und ich will, dass du aufisst«, sagte Sack. Der Fisch lag in seinem Tellerbett, mit Kartoffeln und Blumenkohl als Zudecke. Er kam aus dem fernen Meer, wo es nichts gab als Salz und schwarzes Wasser. In meiner Bilderbibel füllte Jesus das Meer mit roten Fischen. Er brachte allen bei, wie sie sie fangen und essen konnten, aber er vergaß den roten Fischen zu sagen, wie sie entfliehen sollten. Jesus kann auch nicht an alles denken.

»Das Auge auch«, sagte Sack.

»Nein«, quiekte Hester Maus, die wusste, dass Augen zum Sehen da sind.

»Du isst jetzt das Auge!«, sagte Sack lauter.

»Nein!«, quiekte Maus aus ihrer Ecke.

»Du isst das Auge! Du isst das Auge! Du isst das Auge! Iss iss iss iss *iss*!« Sack bohrte ihre Gabel in das Fischauge, und *blubb*, kam es heraus, und dahinter war nichts, bloß Dunkelheit. Dort, in dem leeren Fischkopf, lag die Dunkelheit der Welt.

Sack hielt das Auge an meines – dichter und immer dichter, bis ich in das Fischauge hineinsah, mein Auge in Fischauge, Fischauge in mein Auge, bis es ich und mein Auge waren dort vorne auf der Gabel.

»Nein!«, schrie ich mit weit aufgerissenem Mund, mehr wie ein lautes Schulkind als wie eine Maus in ihrem Mauseloch. In den aufgerissenen Mund stopfte Sack das Auge und hielt ihn dann mit der Hand zu, sodass ich nicht wieder ausspucken konnte. Hinab fiel das Auge – tief tief tief hinein in Hester, und ich konnte sehen damit, ich sah mit dem neuen Auge. Ich sah in Hester hinein, und alles in ihr war dasselbe Salz und dasselbe dunkle Wasser, aus dem der Fisch kam, und alles war Tränen aus dem Auge des Fischs.

Es war am nächsten Tag in der Mittagspause. Wir aßen Marys Trauben. Trauben sind grün und fast vollkommen rund. Man kann sechzehn auf einmal in den Mund stecken, Mary zählte mit. Als sie alle sechzehn Trauben heruntergeschluckt hatte, fragte sie mich: »Hey! Was hast du dir gestern Abend ausgedacht?«

»Du hast mit dem Frosch geredet.«

»Falsch. Gut, aber ich konnte gestern gar nicht an dich denken. Dieser Arsch hat mich und Mum verprügelt.« *Dieser Arsch* war ihr Vater. »Er war hackedicht. Aber das macht mir nichts, weil ich dich habe«, sagte Mary. Mein Knie war hochgezogen, und Mary beugte sich vor und gab ihm einen Kuss, und dann malte sie mit dem Finger einen Kreis in den Staub. »Warum weißt du so viele Sachen nicht, die jeder Mensch weiß?«

»Was für Sachen?«, fragte ich.

»Was Trauben sind, zum Beispiel.«

»Dein, o Herr, ist das Reich und die Macht und die Herrlichkeit …«

»Probieren wir, ob ich siebzehn reinkriege. Das ist Weltrekord!«, sagte Mary und lachte, während sie sich die Trauben in den Mund stopfte. Ihre Lippe drehte sich in ihre Nase hoch und hüpfte und zuckte, und ich musste mitlachen.

In die Schule ging ich mit Brennen unter meinem Rock und Splittern unter meiner Haut. »Das ist unser Geheimnis«, sagte Stiefel. Es gibt Geheimnisse für nur einen Menschen, und es gibt Geheimnisse für zwei. Mary und ich hatten den Bach und den Frosch. Stiefel und ich hatten Nachtbesuche, Stift und Papier und die Bilder im Küchenabfall. Ich hatte andere Geheimnisse, die nur mir gehörten: versteckte Bilder und meine Freunde in der Cott Road Eins. Das Brennen war ein Geheimnis für zwei, das weh tat. Es brannte, als ich und Mary auf dem schwarzen Viereck Fangen spielten, es brannte, als meine Lehrerin sagte: »Und jetzt wiederholt die Zahlen«, und es brannte, als sie uns eine Geschichte vorlas. Die Geschichte handelte von einem Esel, der zu Stein erstarrt, weil er sich das Falsche gewünscht hat. Der Esel war wie Lots Weib – sie hatte sich auch das Falsche gewünscht, genauso wie ich. Deshalb kam Stiefel zu seinen Nachtbesuchen, von denen mir alles brannte.

»Es ist eine Geschichte über den Stellenwert der Familie«,

sagte meine Lehrerin. »Alles, was der Esel brauchte, war direkt vor seiner Nase, daheim.« Sie klappte das Buch zu. »Zeit zum Singen.« Meine Lehrerin drückte einen eckigen Knopf wie bei dem Radio in der Cott Road Eins, und die Musik fing an. Sie klang nicht wie die Musik von Sack. Sie war voller Glockentöne. Meine Lehrerin sagte: »Komm, Hester, sing mit uns mit, du kennst doch den Text!« Mary neben mir sang laut. Ich schaute ihr zu, wie sie sang, und ich schaute meiner Lehrerin zu. Ich konnte ihre rosa Zunge sehen und ihre Zähne, die kleine Silberstückchen darin hatten. »*I danced in the morning when the world was begun, And I danced in the moon and the stars and the sun, And I came down from heaven and I danced on the earth, At Bethlehem I had my birth.* Komm, Hester, sing mit!«, sagte meine Lehrerin. Alle sangen. Überall um mich waren offene Münder, und aus ihnen kam Gesang geflogen, der voller Glockentöne war. Ich öffnete den Mund. »*Los!*«

»*Dance then wherever you may be*«, sang ich. Das ganze Zimmer war ein einziger offener, singender Mund. Ich war Teil davon. »*I am the Lord of the Dance, said he. And I'll lead you all wherever you may be, And I'll lead you all in the dance, said he.*« Das Lächeln meiner Lehrerin war eine Brücke. Das Singen im Zimmer träufelte auf meine brennenden Stellen wie kühle Milch.

Jeden Tag, wenn die Schule aus war, nahmen Mary und ich den Bus. Jeden Tag stieg ich an der Abzweigung zur Cott Road aus, wo Sack in ihrem Schlafkleid mit den grauen Rosen wartete, die Arme verschränkt. Mary winkte mir aus dem Bus zu, bis der Bus um die Ecke gebogen war. Jedes Mal, wenn ich mich umdrehte, sah ich Mary winken. Ich winkte nicht, weil Sack mich die Straße entlangzerrte, aber die Schnur von Mary zu mir hielt bis zum nächsten Tag, wenn wir uns wiedersahen.

Dann irgendwann kam ich in die Küche, und da stand Sack mit meinen Bildern in der Hand und lodernden Feuern in ihren Augen. Die rosa Spinne kreiselte wild, ihre drei Beine krümmten und reckten sich. In der Küche war es noch heißer als draußen im Freien. »Ich geh in dein Zimmer, und was muss ich finden! Was verheimlichst du mir noch alles?« Sack schaute ein Bild an, und dann das nächste und übernächste. Die Bilder segelten an meinen Augen vorbei und flogen auf den Boden. Die ganze Küche war voller Stimmen. Die Kochlöffel, die Stühle, der Tisch, der Boden, Knauf, Axt, die Türen – alle hölzernen Dinge riefen laut durcheinander. Ich konnte nicht verstehen, was sie riefen, während Sack in meinen Bildern blätterte, immer weiter, immer schneller. »Du versteckst Sachen vor mir! Du hast Geheimnisse!« Sack öffnete die Klappe an dem roten Holzofen. Alle meine Freunde schwiegen. Die einzige Stimme war meine: »Nein!«

Sack ließ sich auf alle viere fallen und kroch unter den Tisch, noch flinker als eine Küchenschabe, die aus dem Schatten von Stiefels großem Zeh herausflitzt. Sie raffte die Bilder zusammen, die unterm Tisch lagen, und warf sie ins Feuer. Das hungrige Feuer fraß meine Bilder auf, bis nichts mehr von ihnen übrig war als wirbelnde Rußfetzen. Im Hochwirbeln verwandelten die Rußfetzen sich in schwarze Vögel, die mit Wucht in die Fensterscheibe flogen, als wäre kein Fenster da, als könnten die schwarzen Vögel fortfliegen, direkt zur Sonne und weiter bis in die Ewigkeit. Aber das Fenster war da, und die schwarzen Vögel krachten so heftig dagegen, dass sie zerschellten und tot auf dem Boden lagen, und an dem Glas blieben rote Schmierer zurück.

Durch die Schnur, die uns aneinanderband, brüllte Mary: »Fick dich!« Sack schlug mich ins Gesicht, fest, und stieß mich durch die Bodenluke in den Hängeraum. Ich setzte mich auf die oberste Stufe, und Tisch erzählte mir eine Geschichte. Er erzählte mir von Pik-Ass und Whiskey und dem Tag, an dem sie Mary auf ihrem Roller zogen, bis sie so schnell wurde, dass der Roller abhob und zur Cott Road Eins flog, und als er die Cott Road Eins erreicht hatte, flog er durchs offene Fenster herein, und ich stellte mich hinter Mary, und zusammen flogen wir in die Ewigkeit.

Als Stiefel heimkam, musste ich so lange hängen, wie ich noch nie vorher gehangen hatte. Ich hatte hernach keine Ahnung, wie ich in mein Bett gekommen war, wo das Lamm und der Löwe auf mich herabblickten.

Drei Tage lang ging ich nicht in die Schule. Ich blieb im Bett, und Sack brachte mir Suppe und Kotelett mit Erbsen. Meine Arme taten zu weh von dem Hängen, deshalb fütterte sie mich mit dem Löffel. Sie las mir eine Geschichte vor. Jesus hatte einen Freund, aber eines Tages sagte der Freund: »Ich kenne dich nicht. Ich habe dich niemals gesehen.« Sack las mir die Geschichte immer wieder von vorn vor. Sie zeigte mir das Bild, wo der Freund sagt: »Ich kenne dich nicht. Ich habe dich niemals gesehen.« Der Freund schaute traurig. Er trug einen langen dunklen Hut, der einen Schatten machte. Jesus schaute auch traurig. Seine erlauchte Gesellschaft nagelte ihn mit einem Hammer an ein Kreuz aus Holz. Sie gab ihm eine Krone, aber es war eine Krone aus Dornen, die ihn stachen. Der Hammer und das Kreuz waren seine einzigen Freunde. Das Kreuz sagte zu ihm: »Keine Angst, Jesus, Gottvogel ist schon auf dem Weg.« Da schaute Jesus nicht mehr so traurig.

Als ich wieder in die Schule kam, beobachteten mich aus allen Ecken schwarze Vögel. Sie saßen auf den Zweigen des Pappbaums und hackten nach meinem Namen auf dem tanzenden Blatt, sie flogen über den Büchern in den Regalen hin und her, einer bewachte die Bauklötze, ein anderer hüpfte auf den Kästen mit Buntstiften und Malkreiden herum. Sie ließen mich nicht aus den Augen. Ich saß so starr wie Lots Weib. Meine Lehrerin drückte mir den Holzpinsel in meine starre Hand. Ich saß da und hielt ihn, aber er sprach nicht mit mir. Meine Finger ließen locker, und der Pinsel rollte auf den Tisch.

»Was ist denn, Hester, du malst doch so gern«, sagte meine Lehrerin. Schwarze Vögel flogen durch das Zimmer. Ich sah, wie sie auf den Köpfen der anderen Kinder landeten, auf den Näpfen mit den bunten, leuchtenden Farben, auf dem weißen Papier. Sie machten bunte Krallenspuren auf das Papier. Sie schauten mich an mit schwarzen Augen und schwarzen Schnäbeln, und ich hob den Pinsel nicht auf. Meine Lehrerin sagte: »Wie du magst.« Ich hörte zu, wie die Klasse Zahlen zusammenzählte und abzog. Wenn die Lehrerin eine Zahl wissen wollte, antworteten alle die Kinder, die nicht so wie ich waren, sofort mit lauter Stimme *sieben, einundzwanzig, elf*. Sie wussten alle, welche Zahl es sein musste, sogar Mary, sie wussten genau, wann sie sagen mussten *achtzig, vierzehn, sechs*. Ich wusste die Zahlen nicht, die Wörter nicht, die Antworten nicht. Ich war eine Missgeburt, ich konnte als Einziges dasitzen. Nach der kleinen Pause sagte meine Lehrerin: »Zeit zum Singen.« Alle nahmen ihre Liederbücher aus ihren Tischen. Ich hörte die Tische aufklappen, und ich hörte sie zuklappen. Ich hörte Lachen. Alle wussten, wann es Zeit zum Lachen war, wann es Zeit war, die Tische aufzuklappen. Meine Lehrerin drückte den Knopf an dem Radiokasten, und alle sangen. »*Morning has broken, like the first morning* ... Komm, Hester, sing doch mit.«

»*Praise for the singing, praise for the morning*«, Mary stieß mich in die Seite. »Was hast du denn, sing!«, aber in mir war kein Lied. Es brannte mit den Bildern, die ich gemalt hatte, in dem roten Holzofen. Mein Lied war aus.

»*Like the first dewfall, on the first grass*«, Mary wandte den Blick nicht von mir. »*Praise with elation, praise every morning.*« Ich hielt mir die Ohren zu, damit ich den Morgen nicht preisen musste.

In der Mittagspause sagte Mary: »Komm, dann kannst du den Frosch sehen, Hester. Heute ist er da, ich weiß es. Komm und hör das älteste Lied überhaupt.« Auf ihrem Kopf saß ein schwarzer Vogel. Seine Krallen waren in ihrem Haar versteckt. Der schwarze Vogel drohte mir mit dem Schnabel. Mary sagte: »Sag was.« Der schwarze Vogel beobachtete mich. Mary hielt mir einen grünen

Apfel hin. Der Vogel blinzelte mit den Augen. Er wollte den Apfel für sich. »Da, Hester, beiß ab.« Der Schnabel des Vogels war messerscharf, wenn er den Kopf bewegte, glänzte der Rand. »Hester? Bist du noch meine Freundin?«, fragte mich Mary. Das Glänzen an dem Schnabel war ein hungriges Glänzen. »Hester, laufen wir zum Bach, der Frosch ist da, ich versprech's dir.« Der Frosch würde grün sein – grün wie Gras, grün wie Marys Socken und Rock, grün wie Laub. »Bitte, Hester, du bist doch meine Freundin, Hester ...« Der Frosch würde so hoch springen wie das Schuldach, er würde sagen, *Komm, Mary, komm, Hester, kommt, reitet auf meinem Rücken.* Eine Träne lief aus Marys Auge bis zu der Stelle, wo ihre Lippe sich zu ihrer Nase hochstülpte. Noch mehr schwarze Vögel kreisten am Himmel hoch über unseren Köpfen. *Kra kra kra!* Der Vogel auf Marys Kopf beugte sich vor, und er nahm die Schnur mit den Bildern, die von mir zu Mary flossen und von Mary zu mir, in seinen Schnabel wie einen Wurm, und er biss sie entzwei, und alle die Bilder fielen auf den Boden vor unseren Füßen, Bilder von sprudelndem Wasser, Liedern, Rollern, Hunden, Flaschen und Regenbogen, und alle wurden sie von der Erde aufgeschluckt.

»Ich kenne dich nicht«, sagte ich zu Mary, und ich drehte mich weg und rannte zum Mädchenklo. Ich saß auf dem kalten Kloboden. Die Spülkette hing von einem Kasten überm Klo. Ich kletterte auf den runden weißen Ring um die Schüssel. Die Kette war nicht lang genug für beide Arme, also legte ich sie mir nur als Knoten um den Hals. Ich hörte meine Lehrerin rufen: »Hester, Hester, wo steckst du?« Die Glocke läutete. Schwarze Vögel riefen dazwischen. Sie riefen nach mir. *Kra kra kra!* Meine Lehrerin rief »Hester, Hester!«, und die Vögel riefen *kra kra kra!*, bis ich nicht mehr wusste, was Vogel war und was Lehrerin.

Ich machte einen Schritt von dem weißen Ring herunter. Über meinem Kopf klappte der Deckel der Welt hoch, und ich sah die Ewigkeit in Farben, wie ich sie noch niemals gesehen hatte. Alle waren da: Knauf, Kochlöffel, Bleistift. Die Klotür flog auf. »Hester!

Großer Gott, Hester!« Das Gesicht meiner Lehrerin war ein langer schwarzer Schnabel mit zwei weißen Augen darüber. Sie hob meinen zappelnden Körper ein Stück an und knotete die Kette von meinem Hals ab. Ich schrie nach Sack, weil Sack den Teufel erkannte, wenn sie ihn sah, und wusste, mit welchen Worten man beten musste. Ich schrie nach ihr daheim in ihrem Bett, mit ihrem schlimmen Rücken und ihren Schmerzen. Ich wollte so laut schreien, dass mein Schreien die Straßen entlangfuhr wie der Bus, dass es ihr zu den Ohren hineinfuhr und von den Ohren weiter in ihre Arme und Beine und den Hals, und dann würde Sack aufspringen und zur Schule gerannt kommen, schneller als der Bus, schneller als Stiefel in seinem Wagen, schneller als die schwarzen Vögel, die im Kreis flogen, sie würde gerannt kommen, sie würde die machtvollen Worte Gottes beten, die Spitzen unter ihren Schuhen würden auf das Pflaster klacken, *klack, klack*, ihre Augen würden lodern, die rosa Spinne würde durch die Straßen leuchten, sodass Sack sehen konnte, wo ich war, und sie würde mich hier herausholen, und die Vögel würden auffliegen ins Land der Sonne, dahin, wo Baum seine Äste hinreckte, und sie würden verbrennen, bis sie so tot waren wie meine Bilder.

Ich schrie. Meine Lehrerin bohrte ihren Schnabel in mein Auge. Er ging tief hinein, bis hinunter, wo der Fisch in dem Salz schwamm, und dann zog sie ihn wieder heraus und bohrte ihn mir ins Ohr, dahin, wo Holz mit mir sprach, dahin, wo früher mein Lied gesungen hatte. Tief in meine Augen und Ohren bohrte sie den Schnabel und zog ihn wieder heraus. Noch mehr Lehrerinnen kamen ins Klo gerannt. Blut floss von meinem Gesicht und von dem Gesicht meiner Lehrerin. Die Lehrerinnen drückten mich auf den Boden, eine saß auf meinen Beinen, eine hielt meine Arme fest. Jede hatte einen Schnabel, und in dem Glänzen der Schnäbel sah ich mich gespiegelt.

Sack kam nicht. Sie sperrten mich ins Krankenzimmer. Ich lag auf dem Bett und schaute zum Fenster hinaus. Der Himmel war grau und voller kreisender Vögel.

Als ich aufwachte, stand über mir Stiefel. Meine Lehrerin stand hinter ihm. Ich sah ihr Gesicht über seine Schulter; es hatte keinen Schnabel, die Brücke zum Darübergehen lag zerbrochen auf dem Boden. Man konnte kaputte Bretter sehen und verbogene Nagelenden. Auf der Backe von meiner Lehrerin waren drei Blutratscher.

»Ich kann mich nur entschuldigen«, sagte Stiefel. »Es war uns nie so ganz wohl dabei, dass sie zur Schule gehen sollte, aber wir wurden ja nicht gefragt. Ich glaube, es war ein Fehler. Dieser Vorfall jetzt ...« Er schüttelte den Kopf. Ich setzte mich auf. »Zeit zum Heimfahren, Hester. Es wird alles gut, aber jetzt müssen wir heimfahren.« Er nahm mich bei der Hand, und wir gingen aus der Schule. Als ich mich umdrehte, winkte meine Lehrerin mir, ihr Mund machte »Wiedersehen«, dann wandte sie sich ab und stieg über die zerbrochenen Brückenteile, zurück ins Klassenzimmer. Ich kroch auf die Rückbank und legte mich hin, sodass ich den Himmel sehen konnte, während Stiefel fuhr. Da oben war nichts; keine Sonne, keine Wolke, kein Regen, kein Baum – der Himmel war leer.

Ich kam in die Küche, wo Sack saß und stopfte. Sie sprang von ihrem Stuhl auf. Ich ließ Stiefels Hand los, und Sack zog mich an sich. Ihre Knochen drückten sich in meine Haut. Sie roch wie übergebliebene Katzenmilch im Schälchen. »Du gehörst da nicht hin.« Sie grub ihre Nase in meinen Kopf. »Geh ins Bett, und ich bring dir eine Suppe und ein Sandwich mit Schinkenspeck.«

Stiefel und Sack fuhren mit mir zu noch mehr Tests. Sacks Bluse hatte Knöpfe, die eine Form wie ein Jesusherz hatten und bis oben an ihren Hals reichten. Ihr Rock war gelb. In der Cott Road Eins trug Sack nie gelbe Röcke. Sie trug ihr Schlafkleid, das mit den grauen Rosen. Sie hatte hohe Haare und blauen Puder über den Augen. Die Reihen von Härchen um ihre Augen waren dick schwarz angemalt. Ein brauner Puder, der fast dieselbe Farbe wie ihre Haut hatte, deckte die rosa Spinne zu. Spinne musste mit den Beinen zappeln, um sich zu putzen. Sack drehte sich zur Rückbank um, wo ich lag. »Du hättest nie da hingehen dürfen, du gehörst da nicht hin, ich habe es ihnen gleich gesagt.«

Stiefel sagte: »Es wird alles gut.« Ich schaute hoch. Sein Kopf war ein Ei, das beim Fahren auf und ab wippte. »Diesmal werden sie es einsehen.« Er kratzte an seiner Schulter, als ob sie eine Lektion erteilt kriegen sollte.

Der neue Test war nicht bei dem Mann, der mir den Stift gegeben und gewollt hatte, dass ich das Viereck auf den Kreis lege, er war bei einer Dame in einem weißen Kittel. Ich sah auf ihre Schuhe; sie quetschten ihre Füße so sehr ein, dass die Füße über den Rand quollen.

»Ich bin Dr. Reed«, sagte sie. Dr. Reed gab Stiefel die Hand. »Vielleicht sollten Sie mit im Zimmer sein, wenn wir Hester untersuchen. Würde Ihnen das ein besseres Gefühl geben?« Sack nickte ein *Ja*, Sack lächelte ein *Danke*. Ihr gelber Rock war eine Kerze. Ich sah Sack zum ersten Mal *danke* lächeln. In ihren Augen leckten zwei kleine Feuer. Die sah ich nicht zum ersten Mal.

Stiefel, Sack und ich folgten Dr. Reed in den Testraum. »Wir haben der Schule gleich gesagt, dass es im Zweifel nicht funktioniert. Wir hätten Hester das niemals antun dürfen«, sagte Stiefel, noch bevor er sich auf seinen Stuhl setzte.

»Ich glaube auch, dass Dr. Mellick etwas übereilt entschieden hat, aber er wollte bestimmt nur das Beste für Hester.« Dr. Reed schrieb etwas auf ein Papier. »Er weiß ja, welche Belastung es bedeutet, ein Kind wie Hester die ganze Zeit zu Hause zu haben. Sie haben Ihre Sache sehr gut gemacht, wie man sieht.«

Sack lächelte wieder ihr *Danke*. »Sie ist meine Tochter. Eine Tochter ist nie eine Belastung.«

»Hilf uns!«, riefen die Füße von Dr. Reed. »Wir wollen weg von Dr. Reed, wir wollen mit dir und Mary zum Bach gehen, wo die

Seife aus Schlamm ist und wo der Frosch sich versteckt.« Dr. Reeds Füße saßen in ihren engen Schuhen fest. Sie saßen gefangen, so wie Jesus gefangen saß in der Nacht vor der Kreuzigung. Ich zeigte auf sie. Stiefel drückte meine Hand wieder in meinen Schoß. Ich konnte die Zehen von Dr. Reed nicht befreien.

Sie sah von ihrem Papier auf. »Ich bin selbst kinderlos, deshalb kann ich eigentlich gar nicht mitreden. Ich kann nur Ihren Einsatz bewundern.«

»Wir sind natürlich zu zweit, das macht vieles leichter«, sagte Stiefel..

»Natürlich. Dann wollen wir uns Hester mal ansehen.« Dr. Reed schaute mir mit einem langen Rohr in die Ohren und in die Augen. Sie legte mich auf einen Tisch und drückte mir auf den Bauch. Sie drückte meine Arme und Beine und fragte, ob ich sie abknicken konnte. Ihre Hände waren kühl auf meiner Haut. Aus der Zimmerecke sah ein einzelner schwarzer Vogel zu.

»Körperlich fehlt Hester so gut wie nichts. Sie scheint in der Schule ein paar Püffe abbekommen zu haben. Ein Teil der Blutergüsse stammt im Zweifel von dem Zwischenfall an ihrem letzten Tag dort. Und woher die Druckstellen an ihrem Hals kommen, wissen wir ja. In dem Bericht, den ich vorliegen habe, steht, dass drei Mitglieder des Lehrkörpers sie bändigen mussten. Aber physisch gibt es nichts, was uns ernsthaft Sorgen machen müsste. Es ist immer eine schwierige Sache, wenn die Probleme bei einem Kind eher mentaler als physischer Natur sind. Wir können sie nicht sehen; wir erleben nur ihre Auswirkungen. Das ist oft die viel größere Herausforderung, finde ich. Viele Eltern müssen ohne die Unterstützung zurechtkommen, die sie bei der Erziehung eines solchen Kindes bräuchten. Noch dazu, wo Störungen dieser Art viel schwerer zu diagnostizieren sind. Die moderne Medizin hat zwar gewaltige Fortschritte gemacht, aber es liegt noch ein weiter Weg vor uns. Ich werde Hester etwas verschreiben, das sie ruhiger macht, gegen die Stimmungsschwankungen, die Sie in dem Fragebogen beschreiben.«

»Wir lieben unsere Tochter sehr«, sagte Stiefel. »Es ist ein Kraftakt, aber wir möchten sie bei uns zu Hause behalten.«

»Wie häufig treten diese Ausbrüche zu Hause denn auf?«

»Wenn Hester bei uns ist, können wir sicherstellen, dass ihr Leben in geregelten Bahnen verläuft. Solange alles seinen gewohnten Gang geht, ohne zu viele Veränderungen, ist sie eigentlich recht gut zu haben.« Stiefels Ei hing schief, während er redete. Es fiel ihm sehr schwer, sich nicht zu kratzen.

»Ihnen muss eben klar sein, dass wir für Hesters künftiges Verhalten keine Prognose abgeben können.«

»Das ist uns immer klar gewesen«, sagte Sack. Ihr Rock schimmerte hell wie eine Totenkerze.

»Ich muss sagen, ich finde Sie beide zwei ausgesprochen tapfere Menschen«, sagte Dr. Reed. »Fürs Erste, denke ich, ist Hester bei Ihnen zu Hause am besten aufgehoben, aber das kann sich ändern. Irgendwann kann es so weit sein, dass Hester in eine Spezialklinik eingewiesen werden muss. Vergessen Sie nicht, dass das immer eine Option ist. Es könnte deutlich schwieriger mit Hester werden, wenn sie erwachsen wird.«

Der schwarze Vogel stieß auf Dr. Reeds Kopf herab. Er knabberte an ihrem Ohr. Ich griff nach Sacks Knochen und hielt ihn ganz fest. »Bald fahren wir heim, Het«, sagte Sack mit ihrem neuen Lächeln.

Dr. Reed stand auf. »Ich habe Sie lange genug aufgehalten. Fahren Sie mit Ihrer Tochter nach Hause, aber machen Sie sich bitte auch ein paar Gedanken über zukünftige Lösungen, wenn es Ihnen beiden irgendwann doch zu viel wird.«

»Nicht fortgehen!«, riefen Dr. Reeds Füße mir zu, und jetzt weinten sie.

Stiefel gab Dr. Reed wieder die Hand. »Danke, Frau Doktor«, sagte er. »Ich wünschte nur, Hester wäre das alles von vornherein erspart geblieben.« Der schwarze Vogel steckte seinen Schnabel in Dr. Reeds Ohr und zog einen kleinen Wurm heraus. Ich zupfte an Sacks Knochen. Es war Zeit zu gehen.

»Danke, Dr. Reed, wir sollten Hester langsam heimbringen.« Sack stand von ihrem Stuhl auf.

»Aber natürlich. Alles Gute für Sie beide.« Der Vogel schluckte den Wurm hinunter und zwinkerte mir zu.

In meinem Bett aus Dunkelheit machte ich in dieser Nacht die Augen zu, und ein Bild von mir und Mary kam die Schnur entlang. Es war ein Bild von dem Wasser in Marys Auge. Das Wasser wurde eine Träne, die langsam aus Marys Auge fiel und ihre Backe hinunterrollte bis zu der Stelle, wo ihre Nase mit ihrem Mund zusammenwuchs. Ich hörte mich sagen: »Ich kenne dich nicht.« Ich sah ein Bild von dem Loch, das der Arzt in Mary hineingeschnitten hatte, damit die Luft durchkam. Ich sah ein Bild von den Radieschen von unten. Es war dunkel unter den Radieschen, wie die Höhle, in der sich Jesus versteckte. Ich sah Marys Kuss auf mein Knie und die Schlange aus Wasser. Ich sah Orangen, Äpfel und Trauben. Saft spritzte aus unseren Mündern.

Eine Träne aus meinem geschlossenen Auge kitzelte meine Backe, als sie mir am Gesicht herablief.

Jeden Tag erledigte ich meine Aufgaben. Stiefel ging arbeiten, und abends schloss er sich in seinem Zimmer ein, und Sack saß in ihrem Bett und stopfte. Manchmal kam Sack herunter, aber Stiefel und ich wussten nie, wann. Wenn sie kam, machte Stiefel ihr Tee und sah sie mit großen Augen an, voller Hoffnung, sie würde ihm über den Kopf streichen, wie sie Katze über den Kopf strich.

Ich malte keine Bilder, aus mir wurden Bilder. Ich war der Stift, aber welche Hand malte mit mir? Nachts wurden aus mir Bäume, Laub und Wasser. Das Wasser ließ sich nicht einfangen, es tropfte und leckte und tröpfelte. Ein Löwe wurde aus mir. Ich suchte nach Jesus, damit ich zu seinen königlichen Füßen liegen und schnurren konnte, aber ich fand ihn nicht. Er besuchte seine Mutter in einer Stadt, in der ich niemals gewesen war.

Ich fragte meine alten Freunde aus Holz, ich sagte: »Was passiert mit mir?« Aber sie schwiegen. Sie wussten die Antwort, aber sie wussten nicht, wann sie sie mir geben würden. Der kleine Zeiger wanderte im Kreis, ich konnte nicht zählen, wie oft. Ich wartete, aber worauf? Was dachte ich, was passieren würde? Der Tag ging herum, dann die Nacht, dann wieder der Tag. Welcher Spur folgten die Tage? Warum gab es so viele? Wozu waren sie da?

Sack wollte, dass ich mit ihr zu Großmutter ging. Sie brauchte Hilfe, sagte sie, beim Saubermachen und Sich-um-sie-Kümmern. »Deine Großmutter ist sehr krank, du darfst sie nicht aufregen.«

»Was ist eine Großmutter?«, fragte ich Stiefel nachher.

»Die Mutter von deiner Mutter«, antwortete er. Großmutter war die Mutter von Sack. Jeder hatte eine Mutter; von der Mutter wurde man empfangen, außer man war Jesus. Jesus war nicht empfangen worden. Er war ein Wunder. Sack war meine Mutter, auch wenn ich ein Fluch war und kein Segen. War Sack ihrer Mutter ein Fluch, oder war sie ein Segen?

Sack wickelte mir einen Schal um den Hals, zog sich den Mantel an und sagte: »Gehen wir.« Als ich ins Freie kam, verdeckte die Nacht alles, was nah war, aber sie zeigte mir, was weit weg war. Ich drehte mich langsam einmal im Kreis, mein Gesicht nach oben gewendet zum Mond und den Sternen. Ich steckte in meinem Körper, aber mein Inneres quoll aus dem Körper heraus, wie Wasser aus einem Schwamm quillt, wenn der Schwamm zu vollgesogen ist. Mein Inneres reckte sich hoch in den Nachthimmel, und dann über den Nachthimmel hinaus bis in die Ewigkeit. »Hester, lass das. Komm mit mir mit.« Sack ging auf die Straße hinaus, ich hinterher. Hunde bellten uns nach. Die Luft atmete mir kalt ins Gesicht. »Beeil dich«, sagte Sack. Sack war eine Schnelle: mit der Nadel, mit dem Putzeimer, mit den Beinen auf dem Pflaster; beim Umrühren, beim Stopfen, beim Bettenbeziehen. Ich war so langsam wie Würmer im Gras, die nach einem Loch suchen. Meine Füße sangen ein Dahinstapf-Lied mit den Füßen von Sack.

*Klack klack klack* (Sack). *Bumm bumm bumm* (Hester). *Klack klack bumm klack klack bumm klack klack bumm.* Es war ein weiter Weg; ich bekam einen heißen Nacken unter dem Schal und ein heißes, feuchtes Gesicht.

Wir kamen zu einem Haus am Ende einer dünnen kleinen Straße. »Da wären wir«, sagte Sack und holte ihren Schlüssel heraus. Sie sperrte die Tür auf, und wir gingen hinein. Wir gingen durch einen Flur, vorbei an einem Bild von einem Pferd, das seinen langen Kopf gesenkt hielt und Heu fraß. Ich folgte Sack in ein Zimmer. Meine Großmutter saß vor einem Feuer, das in einem Eisenkasten brannte. Sie war ganz grau, mit einer Decke auf den Knien. Eine Wolke aus Haaren stand um ihren Kopf. Als meine Großmutter mich sah, streckte sie die Arme aus. Die Decke rutschte von ihren Knien auf den Boden, und sie sagte: »Endlich! Endlich!« Ihre Augen waren wie die von Sack, nur verblichen, so als hätten sie zu lange auf der Wäscheleine in der Sonne gehangen.

»Jetzt hab dich nicht so, früher ging's eben nicht«, sagte Sack.

Meine Großmutter nahm mich in die Arme und drückte mich an sich. »Sag Mog zu mir – so hat mich deine Mutter genannt, als sie klein war. Sie hat mich Moggy genannt, bevor sie Mama sagen konnte. Mein Name soll unser Geheimnis sein.« Mogs Flüstern war ein warmes Kitzeln auf meiner Haut. Ich hatte ein neues Geheimnis, das Mog hieß. »Deiner Mutter geht es nicht gut ... ich bring dir Damespielen bei. Komm, setz dich auf meinen Schoß, kleine Hester – so klein langsam auch nicht mehr.« Sehr zögernd, sehr zart berührte sie die grünblauen Flecken an meinen Armen und Beinen. »So was will ein Vater sein.« Sie schüttelte den Kopf. »Hoffnungslos.«

Sack stand vor Großmutters Sessel, Hände in den Hüften. »Wir sind nicht zum Spaß hier.«

Mog hielt mich an den Schultern vor sich hin. »So lange hast du mich warten lassen! Warum hast du das getan?«

»Dir ging's nicht gut genug.«

»Geht es mir jetzt denn besser?«

»Jetzt brauche ich jemanden, der sich mit mir kümmert. Deshalb ist sie da.«

Mog drehte sich wieder zu mir. »Endlich!«

Sack war draußen in der Waschküche, Betttücher einweichen. Ich wischte Mogs Küchenbank mit dem Lappen. Mog rief mich zu sich. »Erzähl mir alles, Hester, alles. Ich will alles wissen, ich hab nicht mehr viel Zeit.« Ich sah mich nach den schwarzen Vögeln um. »Erzähl, Hester.« Es waren keine schwarzen Vögel zu sehen. »Hester?« Jemand hatte Mogs Gesicht winzig kleine Bilder aufgemalt. Ich sah die Blumen aus dem Garten, die Äste am Baum, der sich in den Himmel reckte, und Blättchen an den Ranken um ihre Augen. Ich berührte ein Blatt mit der Fingerspitze. Meine Großmutter drückte einen Kuss darauf. »Red mit mir. Erzähl mir was.«

»Was?«

»Was du willst. Mich interessiert alles.«

»Ich weiß nichts.«

»Hast du Freunde?«

»Ja.«

»Wer sind deine Freunde?«

»Ein Freund schenkt einem Bilder.«

»Das stimmt. Das machen Freunde. Schenkst du mir auch ein Bild?«

»Ja.«

»Da freue ich mich. Ich hänge es an die Wand über meinem Bett. Dann habe ich dich bei mir, auch wenn du nicht da bist.«

»Wo bin ich denn?«

»Zu Hause, wo du wohnst.«

»Warum kann ich nicht hier wohnen?«

Mog lächelte und tätschelte meine Backe. »Ich wollte, du könntest es. Wer sind deine Freunde, kleine Hester?«

Wer waren meine Freunde? Türknauf, Tisch, Stuhl, Besen, Axt und Mary. »Mary«, sagte ich.

»Wer ist Mary?«

»Meine Freundin.«

»Woher kennst du sie?«

»Aus der Schule.«

»Und was für Bilder hat Mary dir geschenkt?«

Die Schnur, die mich mit Mary verband, zog sich um meine Kehle zu. »Sie hat den Weltrekord im Traubenessen.«

»Und gefällt es dir in der Schule?«

»Ich geh nicht mehr hin.«

»Warum denn?«

»Weil ich nicht so bin wie die anderen Kinder.«

»Das brauchst du doch auch nicht.«

»Was heißt das – brauchen?«

»Ich brauche dich.« Ihre Hände waren zwei runde Schalen an meinen Backen.

Ich wollte meine Geheimnisse loswerden. Ich floss über von ihnen, sie waren zu groß geworden, sie waren zu lange für sich geblieben. Meine Geheimnisse wollten hineinfließen in die Schalen von Mogs Händen, bis ihre Hände voll davon waren und sie sie trinken konnte wie warmen Tee. »Ich bin kopfüber gehangen, weil ich ein Flughund war. Ich hab den Zaun hochgehalten, und er hat mir einen Blutstreifen in die Hand geschnitten, mein Name hat getanzt. Er war ein Blatt. In jedem Blatt ist ein ganzer Baum drin. Ein Esel hatte einen Wunsch frei. Aber bloß vorher war das so. Danach waren in allen Ecken schwarze Vögel, auf den Köpfen und den Gesichtern ...«

»Was für Gesichter? Wo?«

»Überall. Sie waren oben in den Ecken, aber sie wollten herunterfliegen, sie wollten mich packen, sie hatten Hunger nach meinen Wörtern und meinen Geheimnissen, die tief drinnen wohnen, wo alles salzig ist von den Tränen des Fischs. Die schwarzen Vögel sind im Kreis geflogen ...«

»Im Kreis geflogen? Ich komm nicht mit.«

»Mary hatte einen auf ihrem Kopf sitzen, er wollte den Apfel. Mary hat gesagt, der Apfel ist für mich, sie hat ihn mir hingehalten, und der schwarze Vogel hat zugeschaut. Er war böse, er wollte den Apfel.«

»Was redest du da? Was für ein Apfel denn?«

»Ich bin in den Hängeraum gelaufen, und die Lehrerin ist gekommen.«

»Es tut mir so leid ...«

»Ihr Gesicht war ein Schnabel.«

»Es tut mir so leid, dass ...«

»Er wollte meine Augen ...«

»Es tut mir so leid, dass es nicht ...«

»Die schwarzen Vögel wollten meine Augen fressen. Sie wollten mich aufpicken, *pick pick pick!*«

»Gib mir meine Decke. Wo ist meine Decke?«

»*Pick pick pick!*«

»Wo ist meine Decke?«

»*Pick pick pick!*«

»Meine Decke! Ich will meine Decke!«

»Sie liegt auf deinem Schoß.«

»Wo ist meine Decke? Gib mir meine Decke«, schrie Mog.

»Auf deinem Schoß! Sie liegt auf deinem Schoß!«

»Wo ist meine Decke? Gib mir meine Decke zurück!«

Sack kam gerannt. »Ich hab dir doch gesagt, du sollst keine Dummheiten machen!« Sie nahm die Decke von Mogs Schoß und wickelte sie ihr um die Schultern. »Da ist sie doch, Mama, da ist sie doch, spürst du sie jetzt?«

Mog streichelte mit den Fingerspitzen über den Seidenrand der Decke. »Meine Decke, ich brauche meine Decke, du darfst sie mir nicht immer wegnehmen!«

»Niemand nimmt dir deine Decke weg, Mama. Spürst du, dass sie da ist?«

»Ja, ich spür sie, ja, ja.«

»Hester, du musst deine Großmutter in Ruhe lassen. Sie ist sehr krank. Reg sie nicht auf, egal, was sie zu dir sagt, lass sie einfach in Ruhe und hilf mir.« Rückwärts ging ich weg von Mog.

Ich half Sack putzen. Wir überzogen Mogs Bett neu. Neben dem Bett war ein kleiner Schrank mit einem Licht oben dran und einem Kreuz und einem Bild von einem Mann, der neben einem Vogel aus Eisen stand. Ich nahm das Bild von dem Mann in die Hand. Er hatte Abzeichen an seinem Mantel und eine große Brille auf seinem Kopf. Seine Augen waren die von Sack, ohne die Spinne. Ich staubte das Bild mit dem Staubtuch ab. »Vorsicht damit, Hester.« Sack nahm mir das Glasbild weg und sah es an. Nach einer Weile sagte sie: »Als ob er kein Wässerchen trüben könnte, hm?« Sie schüttelte den Kopf. Sie wandte den Blick nicht von dem Bild. »Der große Held.«

»Was hat er gemacht?«, fragte ich Sack.

Sack starrte auf das Bild, als wäre ich gar nicht im Zimmer, als würde der Mann mit dem Eisenvogel und den Abzeichen am Mantel direkt vor ihr stehen. »Das war mein Vater.«

»Wann?«

»Vor einer Ewigkeit.«

»Was hat er gemacht?«

»Er war ein Flieger der ersten Stunde.«

»Was noch?«

»Er hat das Geld rangeschafft.«

»Und noch?«

»Er hatte eine Uniform.«

»Und noch?«

»Er war der Herr im Haus.«

»Und außerdem?«

»Er hat meine Mutter versorgt.«

»Was hat er sonst noch gemacht?« Sack nahm ihre Augen von dem Bild und schaute geradeaus, an die Wand. Das Zimmer war still. Alle Geräusche waren fort, und wo sie gewesen waren, war Leere. »Was noch?« Sack wartete. Ich wartete. »Sag?«

»Es war mein zwölfter Geburtstag. Susannah von nebenan hatte mir einen Sonnenhut mit einem roten Band geschenkt. Auf dem Band waren fünf weiße Entenküken, die hinter der Entenmutter herschwammen. Ich hab ihn sogar im Bett aufbehalten.« Ihre Wörter füllten das leere Zimmer, wie Wasser eine Flasche füllt – langsam, vom Boden aufwärts. »Mein Vater hat gesagt: ›Vielleicht tust du ihn jetzt mal runter.‹ Ich wollte ihn nicht runtertun. Er sagte: ›Tu ihn runter.‹ Ich hab gesagt, *nein, bitte nicht, bitte lass ihn mir, bitte lass mich, ich will nicht, bitte lass mich! Nein nein nein!* ›Tu ihn runter‹, hat er gesagt. Ich hatte keine Wahl. Keine Wahl, das heißt, dass du bei etwas nicht auskannst, auch wenn es etwas ganz Schreckliches ist – vor einen fahrenden Zug springen oder dich mit dem Messer schneiden oder irgendwo sehr Hohes runterfallen – du musst es einfach machen. Jemand anderes zwingt dich. Ich hab den Hut abgenommen. Ich hab ihn auf den Boden vor dem Bett gelegt. Wenn ich neben dem Hut unterm Bett gelegen wäre, dann hätt ich die Matratze auf der Nase sitzen gehabt, so hat das Gewicht meines Vaters sie durchgedrückt. Er war groß und schwer. Aber ich bin nicht unterm Bett neben dem Hut gelegen, sondern auf dem Bett neben meinem Vater. Unterm Bett war niemand, nur ein dunkles Loch. Kein Mensch war da. *Nein, bitte nicht, nein, ich will nicht, lass mich.* Ich hab es gesagt, aber es hat nichts genützt.« So eine lange Geschichte hatte Sack mir noch nie erzählt: länger als eine Bibelgeschichte, und ohne Bilder. Ich musste mir die Bilder dazu selber ausdenken. Als Sack aufsah, schien sie ganz erstaunt, dass ich da war. »Danach hab ich meine Geburtstage nicht mehr gezählt. Es war mein letzter. Ich wollte keinen mehr.« Ihre Augen waren weit aufgerissen. Sie schaute, als ob sie nicht wüsste, wozu Wolken und Straßen gut waren oder wozu man betet oder wozu sie mit Stiefel in einem Haus wohnte oder warum sie eine Mutter war oder warum sie essen und schlafen sollte und die Vorhänge walken und an der Bushaltestelle warten oder am Abend ins Bett gehen. »Gut, er ist tot«, sagte sie, als der Zeiger eine ganze Runde um das Zifferblatt gewandert war. »Das muss nicht abgestaubt werden, du kannst es einfach lassen.« Ich stellte den Mann wieder hin, aber er beobachtete mich mit Sacks Augen durch das Glas.

Als alles geputzt war, half Sack meiner Großmutter ins Bett. Sie zog ihr ein blassrosa Nachthemd an und sagte: »Morgen komme ich wieder.« Als Sack nicht hinsah, flüsterte ich Mog ins Ohr: »So was will ein Vater sein … hoffnungslos.« Dann küsste ich sie, ein Gefühl so weich wie Papier.

Sack nahm mich immer sonntags zu Mog mit. Wir gingen abends hin, damit ich ihr beim Ins-Bett-Bringen helfen konnte. Mog fragte mich Sachen und sagte meinen Namen, »Hester«. Sie nahm meine Hand, wenn Sack in der Küche Suppe kochte. Sie streichelte sie so wie ich Katze. Sie sagte: »Mein kleines Mädchen, ich habe so lange gewartet. Warum hab ich so lange warten müssen?« Dann schrie sie: »Gib mir die Decke! Wo ist meine Decke? Warum muss ich immer so frieren? Du weißt, wie grässlich ich es finde, zu frieren!« Ich wusste nie, wann es passieren würde; es war immer eine Überraschung.

Ehe ich mit zu ihr kam: Saß Mog da auch schon in ihrem Sessel? Was ist *endlich*? Ich malte Bilder von ihren trockenen Händen, wie sie die grünblauen Flecken an meinen Armen und Beinen nachfuhren. »Setz dich auf meinen Schoß, deine Mutter ist oben, sie kann uns nicht sehen.« Sie zog mich zu sich hoch und drückte meinen Kopf an ihre Brust. Schlaf kam, kein Gottvogel, nur Mog, die mir über den Kopf strich strich strich. Ich schnurrte wie Katze, bis Sack kam und sagte: »Runter mit dir!«

Zwischendrin rief Mog: »Die Schmerzen, die Schmerzen!«

»Wo sind die Schmerzen?«, fragte ich sie.

»Überall.«

»Wo kommen sie her?«

»Von den Fehlern, die ich gemacht und nie wiedergutgemacht habe. Ich habe gewartet, bis es zu spät war.«

»Was ist zu spät?«

»Hilf mir.«

»Sag, was denn?«

»In meinem Körper.«

»Wer hat sie reingetan?«

»Ich weiß nicht, wer sie reingetan hat! Gott hat sie reingetan. Oh, die Schmerzen!«

Sack kam und betete über ihr und spritzte das heilige Wasser auf ihren Kopf und flüsterte in Worten, die ich nicht kannte. Nachts lag ich im Bett und flüsterte *die Schmerzen, die Schmerzen!*

Mog war noch kränker – *es geht dahin*, sagte Sack. *Das Herz*. Ich durfte am Tag mit, zum ersten Mal. Seit der Schule war ich nicht mehr tagsüber draußen gewesen. Die Sonne am Himmel schien so hell, dass ich mir die Augen zuhalten musste. Orangene Lichter zuckten hinter meinen Fingern und zerliefen zu Formen: Katzen, Würmer, eine Pfütze. Ich spreizte die Finger für einen kleinen Blick durch die Ritzen. Alles leuchtete genauso hell wie die Sonne: Gärten mit bunten Blumen, Bäume voll grünem und silbernem Laub, der Himmel, der blau und weiß strahlte – lieblich wie meine Bilder und wie mein Lied. Die Sonne lachte. Ich musste weinen. »Die ganze Straße schaut zu«, sagte Sack, aber ich konnte nicht aufhören. Die Straße schaute zu, wie Wasserbäche aus meinen Augen flossen und ich Geräusche machte wie Katze auf dem spitzigen Tor. Ich konnte über das Land der Sonne hinaussehen, über alles Anfassbare und Harte konnte ich hinaussehen bis in die Ewigkeit. Ich sah den Schatten von Gottvogels Flügel, hoch oben in seiner Höhe. Ich weinte lauter. Sack zwickte mich in den Nacken, was sonst eine gute Art ist, mir das Weinen auszutreiben, aber diesmal nicht. Ich weinte den ganzen Weg bis zu Mog, und Sack zog mich am Arm mit sich mit. Als wir im Haus waren, sagte Sack: »Das reicht!« Sie ging den Eimer füllen, und ich ging zu Mog, immer noch schniefend.

Sie lag im Bett mit ihrem dahingegangenen Herzen. Wenn ihr Nachthemd ein Loch gehabt hätte wie das Kleid von Christus, wäre da kein rotes Herz mit grünen Dornen rundrum gewesen, nur ein dunkler Raum voll mit all den Teilen, an die sich mit den Fingern nicht hinrühren ließ. Mogs Augen waren zu. Ich ging ganz nahe heran und sah mir die winzigen Zeichnungen auf ihrem Gesicht an. Auf ihrer Stirn segelte ein Boot über ein kleines Meer. Sie öffnete ein Auge, dann schloss sie es wieder. »Mog«, sagte ich. Sie sagte meinen Namen nicht, und sie berührte auch nicht die blaugrünen Flecken an meinen Armen. Sack kochte ihr eine Suppe mit Karotten und Schinkenfleisch, in der eine Zwiebel schwamm, und ich schrubbte ihre Böden und ihre Wand. Als Sack nicht hinsah, nahm ich ihre Hand. Es war, als würde ich einen Schuh oder einen Stock halten; etwas ohne eine Großmutter darin. »Mog«, flüsterte ich in ihr papierweiches Ohr. »Endlich, endlich.«

Sie schlug die Augen auf und sagte: »Ich hab ihn nicht abgehalten, er war doch mein Mann, ich hab ihn nicht abhalten können.« Sie streckte die Hand nach meinem Haar aus. »Mein Kleines, so ein schönes Kind.« Sie rief nach Sack: »Kathy!« Sack kam her, und meine Großmutter sagte: »Ich hätte ihn abhalten müssen, all die Jahre. Warum hab ich ihn nicht abgehalten?« Dann versuchte sie einen Ball aus Luft tief hinein in ihren Körper zu saugen. Ich hörte den Luftball mit meiner Großmutter kämpfen. Er wollte nicht, er wollte im Freien bleiben, wo keine Wände aus Großmutterhaut der Luft sagten, wo Schluss war. Der Ball sprang gegen die Innenseiten meiner Großmutter, er mochte sich nicht einsaugen lassen. Er prallte an ihre Wände aus Haut, so sehr wehrte er sich. Aber es war meine Großmutter, die Luft brauchte, die Luft brauchte meine Großmutter nicht. Nur ich brauchte meine Großmutter. »Nicht«, sagte Sack immer wieder, *»nicht, Mama, nicht!* Die rosa Spinne zappelte und kreiselte. Tränen liefen über ihr Spinnengesicht. Ich sah den Luftball aus meiner Großmutter herausschießen, und sie wurde still. Leer war sie plötzlich, wie eine Wurstpelle ohne Wurst drin. Leer und flach. Sack fiel über sie und hustete und hustete und klammerte sich an sie. Ich konnte zugucken, wie Sack schrumpfte, bis sie so klein war, dass sie unter den flachen, leeren Arm meiner Großmutter passte. Sie kroch darunter, und sie weinte. Dann drehte sie sich zu mir um. Ihre Augen waren rot an den Rändern. Die rosa Spinne hielt sich das kleine haarige Gesicht zu. »Lass mich ein bisschen allein«, sagte Sack. »Geh solang raus und falte die Sachen von deiner Großmutter zusammen. Ich bleib nicht lang.« Aber sie blieb doch lang. Sie blieb endlos. Ich faltete Mogs Decke zusammen und wieder auseinander. Ich faltete sie noch einmal, dann setzte ich mich in den Sessel von meiner Großmutter, breitete mir die Decke über die Knie und schlief.

Als ich aufwachte, lag das Zimmer im Dunkeln. Mogs Decke war heruntergerutscht, und ich fror. Ich setzte mich auf. Um meinen Kopf war Wasser, und in dem Wasser schwamm Mog. Sie hatte keinen Körper, nur ein unsichtbares Herz. Sie schwamm aus dem Zimmer. Ich folgte ihr in die Diele, und sie machte die Haustür auf. Sie sagte: »Alles wird gut werden«, dann schwebte sie in den Himmel hinauf, und ihr unsichtbares Herz wurde eins mit den Sternen, sodass da einer mehr war. Gottes Friede war in mir, er machte mich weich. Ich ging ins Haus zurück, setzte mich in Mogs Sessel und schlief ein.

Als Sack herauskam und mich weckte, hatte sie wieder ihre alte Größe. Es war dunkel, als wir zur Cott Road Eins zurückgingen. Diesmal machten unsere Füße kein Geräusch. Das Schweigen der Ewigkeit hüllte mich ein, als Sack mich mit gesenktem Kopf hinter sich herzog.

Am nächsten Tag, nach dem Porridge, sagte ich: »Wo ist meine Großmutter hin?«

Stiefel berührte Sack an der Schulter. »Still, Hester.«

Die Frage schob sich die feuchten Wände meiner Kehle hoch. Sie ließ sich nicht abhalten. »Wo ist sie hin?«

Sack schniefte. Ihre Hände waren in der Spüle und wuschen Porridge-Topf.

»Still, Hester«, sagte Stiefel.

»Wo?«

»Zum lieben Gott gegangen ist sie.« Sack drehte sich zu mir um. Spülwasser tropfte ihr von den Händen. Die rosa Spinne nickte mir zu.

Meine Frage drängelte und schubste. »Aber – aber *wohin*?«

»Auf den Friedhof«, sagte Sack mit Tränenstimme.

»Wo ist der Friedhof?«

»Meine Mutter ...«, sagte Sack mit dem Gesicht in den Händen. Stiefel brachte sie hoch, und zu mir hin schüttelte er beim Hinausgehen den Kopf.

Ich saß mit Katze unterm Küchentisch, während Sack in der Kirche war. Wir saßen da, und ich erzählte Katze von Mog und dem Friedhof. Ich kitzelte sie unter ihrem schwarzgrauen Kinn. »Eine Großmutter ist die Mutter von deiner Mutter. Du wirst empfangen. Sie hat gesagt, sie hat ihn nicht abgehalten, und er war ihr Mann. Es war ein Bild von einem Mann da, und das war Sacks Vater, er war ein Flieger der ersten Stunde, und sie hat gesagt, *nein nein nein, bitte nicht, bitte.* Meine Großmutter ist auf dem Weg zum Friedhof. Meinst du, sie hat ihre Decke mit? *Mieze Mieze Mieze.*« Katze schnurrte, aber eine Antwort gab sie mir nicht. Niemand gab eine.

Während die Zeiger ihre Runden drehten, wartete ich auf Bilder von meiner Großmutter. Sie kamen in der Nacht. Meine Großmutter berührte meine blauen Flecken, und sie schlug ihre Decke um mich, und sie sagte *endlich endlich.*

Eines Morgens wachte ich auf, und etwas Klebriges lief langsam zwischen meinen Beinen hervor. Ich steckte den Finger hin, und er kam rot wieder heraus. Ich zog die Decke zurück, und auf dem weißen Betttuch blühte eine Blutblume. Auf meinem weißen Nachthemd blühten noch zwei mehr. Ich fuhr die Blütenblätter mit dem Finger nach. Sie waren wie die Blumen im Garten Eden, bevor Adam auf Eva hörte. Zwei Fäuste wrangen in meinem Bauch einen feuchten roten Lappen aus. Ich spreizte die Hände darüber, damit es wärmer war. Die Fäuste wrangen den Lappen schon wieder. Unten sang Sack *Jesus, Jesus*, während sie den Topf umrührte. Wenn Sack die Blumen entdeckte, setzte es was. In meiner Brust schlug Jesus die Trommel zum Fest, *wumm wumm wumm*. Ich riss die Betttücher und mein Nachthemd herunter, heiß im Gesicht, und die beiden Fäuste wrangen tief drin, wo mein Hunger saß. Ich gehörte nach unten, den Tisch decken.

»Hester?« Sacks Stimme kam die Treppe herauf.

Die Trommel schlug schneller, *wumm wumm wumm*, ich schaute im Zimmer herum, aber ich kannte alle Ecken, und Versteck gab es keins. Mein Gesicht wurde noch heißer, und die Fäuste wrangen den roten Lappen schon wieder, fester diesmal; ich musste aufs Klo.

»Hester!« Ich hörte ihre Füße auf der Treppe – Sack hasste die Treppe, ihr Rücken brauchte Mittagsruhen und Nachmittagsschläfchen, nicht Treppen. Aus meinem heißen Gesicht wurde ein eisigkaltes, und die Fäuste wanden den Lappen so fest, dass ich mich krümmte. Das Klo, ich brauchte das *Klo*. Sack war schon halb die Treppe herauf. Ich wollte rufen: »Halt! Sack, halt!« Ich wollte die Treppe hinunterrennen, an Sack vorbei zum Klo, und locker lassen. »Hester, was machst du so lang?« Jetzt war sie oben, die Tür ging auf, und sie kam herein in mein Zimmer. Ihre Augen brannten wie Straßenlaternen – die Straße war ich. Die beiden Fäuste drückten den Lappen noch einmal fester, rotes Wasser quoll heraus, mein Hinterteil öffnete sich, und es war zu spät fürs Klo. »Hester! Wie kannst du nur!« Ihre dünne Hand packte mich am Nacken und stieß mich zur Tür. »Raus hier und wasch dich! Du Schwein!«

Ich war ein Schwein, meine Schweinegeräusche füllten das Zimmer. Ich warf mich auf Sack, dass ihr Rücken gegen die Wand krachte und der Atem aus ihr herausschoss wie eine Faust. Sie fiel zu Boden, mit einem Geräusch wie eine Tasse, die herunterfällt, und dann saß ich auf ihr, und die blutgeblümten Betttücher lagen auf ihrem Mund, und mein ekelhafter Schweinegestank hüllte uns ein. Sack schlug mit den Händen um sich, und sie stieß mich von sich herunter. Die rosa Spinne drohte wütend mit einem Bein. Sack ging rückwärts aus dem Zimmer hinaus.

Es war Nacht. Ich lag wach, und die Fäuste wrangen den Lappen, da kam Stiefel leise zur Tür herein. »Das bin bloß ich«, sagte er. Bloß-Ich legte sich hin, und Gottvogel stieß von einer Wolke herab und spreizte den Flügel, damit Hester aufsteigen konnte. Ich war fast oben, als Stiefel mit einem Satz aus dem Bett sprang. Im Nu war er zur Türe hinaus, sein Atem schnell und verschreckt. Gottvogel schlug mit den Flügeln und flog davon. Zwischen meinen Beinen lief es klebrig heraus. Ich stieg aus dem Bett und knipste das Christus-Licht an der Tür an; auf dem Betttuch waren neue Blutblumen.

Stiefel kam nachts nie wieder zu mir. In der Küche sahen seine Augen Teller und Töpfe an, den Löffel, der umrührte, aber nie mich. Ich war nicht mehr sein braves Mädchen. Sack fand jede Blume, und wir beteten zusammen. Sie riss Laken in Streifen und wickelte mich darin ein.

Die Zeiger wanderten an der Küchenwand im Kreis, immer rundherum wanderten sie. Ich zählte bis sieben, dann fing ich wieder von vorn an. Es waren zu viele Kreise für einen einzelnen Tag. Es waren zu viele Tage. Einer begann; Licht hinter den Vorhängen, Vogelzwitschern, das Licht wurde heller, wurde mehr, stieg in die Höhe und schien, das Vogelzwitschern verstummte, das Licht sank langsam in sein Bett. Ich schaute dem Tag beim Herumgehen zu, zählte, bis er herum war, bis es dunkler wurde und dann Nacht. Ich sah auch der Nacht beim Herumgehen zu; lag auf dem Rücken und schaute nach oben. Dunkelheit breitete sich über der Welt aus, wurde dichter, nur noch von Mond erhellt, und dann langsam wieder dünner, grauer, bis alle Dunkelheit fort war und der nächste Tag kam. Ich wusste nie, wo der Tag hinverschwunden war. Ich wusste nicht, wie ich ihn zurückholen sollte. Wo sucht man nach einem verlorenen Tag? Während die Zeiger sich immer weiter um das Zifferblatt drehten, wuchsen Hügel aus meinem Körper, wie die Hügel, über die Christus mit seinem Korb voll Brot und Käse schritt. Sack sah mich hinschauen. »Nicht!«, sagte sie. Ab da schaute ich nicht mehr, aber ich streckte die Hand hin. Die Hügel fühlten sich weich an, und sie kribbelten. Haare kamen aus mir wie Spinnenbeine. »Wo sind die Spinnen?«, fragte ich Sack. »Unter deiner Haut«, sagte sie. »Das ist so bei Frauen.«

Ich kniete auf dem harten Boden und putzte das Klo. Das war meine Aufgabe. Wenn ich die Bürste in den Eimer tunken wollte, war da jedes Mal ein Gesicht. Wenn die Bürste ins Wasser eintauchte, breitete das Gesicht sich aus und zerbrach in Stücke. Die Stücke schwammen voneinander weg, als ob sie Feinde wären.

Ich schaute in den Spiegel, der in Sacks Zimmer hing. Sack erwischte mich. »Was glaubst du, was du da siehst?« Ich wollte mir im Spiegel die neue Hausbewohnerin ansehen – *eine junge Frau von achtzehn Jahren*, sagte Stiefel.

»Was heißt das, achtzehn?«, fragte ich ihn.

»Achtzehn Jahre seit dem Tag, an dem du geboren bist«, sagte er.

»Ist das sehr lange her?«

Stiefel hörte auf zu lesen und sah mich an. »Nein, nicht sehr lang, nein.« Ich wollte selber sehen, was nicht lange her war. Ich wollte das sehen, worauf sich Katze so gern zusammenrollte und die Krallen streckte, das, was Sack beim Beten neben sich wissen wollte, das, was Stiefel bei Nacht unter sich hatte wissen wollen, bevor die Blutblumen kamen. Ich schaute in den Spiegel und sah eine Missgeburt.

Derselbe Fluss von Blut, der durch Christus floss und durch die Stadtbewohner, die im Turm von Babel gefangen waren, floss auch durch mich. Er stieg an wie das Meer nach dem Sturm, dem großen Sturm, wegen dem Noah sein Schiff bauen musste. Der Fluss schwappte gegen seine Ufer, schwappte und ruckte, so zapplig wie Stiefel, wenn er sein Ekzem hatte. Sack sagte: »Hör auf zu kratzen, John, du weißt, davon wird es nur schlimmer.« Sie malte ihm rosa Salbenflügel auf seine Schultern, aber wenn sie nicht hinsah, kratzte er doch. Der Fluss von Blut wollte meinen Mund aufpressen und hervorsprudeln. Sack machte einen Bogen um mich, als würde sie wissen, dass der Fluss in mir so schnell und so wild floss, dass sie darin ertrinken konnte.

Ich lag in meinem Bett und hörte, wie es was setzte – nicht bei mir, nicht bei Katze: bei Stiefel. »Alles, was du machst, machst du verkehrt!« Sack konnte Stiefel nicht in den Hängeraum hängen, er war zu groß, als dass sie ihn auf den Tisch heben konnte. Sie konnte nur schreien.

»Sag das nicht, Katherine, bitte.« Ein schwerer Topf krachte zu Boden. Der Fluss von Blut in mir strömte rascher, als ich dieses Krachen hörte. Ich wurde zu groß für mein Bett. Meine Arme und Beine hingen über den Rand. Ich füllte das ganze Zimmer aus. Der Fluss von Blut wollte aus den riesigen Löchern in meinem riesigen neuen Körper hinaussprudeln. Ich stieg aus dem Bett; meine Tür war zugesperrt. »Aufmachen! Aufmachen! Aufmachen!«, rief ich. Niemand kam, aber in der Cott Road Eins wurde es still. Kein Sack-Geschrei mehr, keine Töpfe, die zu Boden krachten.

Am Morgen dauerte es lange, bis Sack aufsperren kam. Ich hatte eine Pfütze in die Ecke gemacht. Sack sagte: »Du bist doch kein Kleinkind mehr. Du bist eine junge Frau. Du wirst dich ja wohl zusammenreißen können.« Sie lachte, ein Lachen wie von einem Vögelchen, dessen Schnabel zu klein ist, um das Geräusch durchzulassen. Jesus schlug die Festestrommel schneller, der Fluss von Blut strömte kräftig und breit. *Wamm!* Ich traf Sack da, wo bei einem Vogel der Schnabel gewesen wäre. Sie fiel hin, dass ihre beiden Flügel brachen. Ihr Haar lag in meiner Pfütze, und ich warf mich auf sie. Alles das, was ich über die Jahre in mich hineingefressen hatte, krachte auf den Rücken von Sack nieder. »Wie lange plagst du noch meine Seele?«, fragte ich sie.

»John! John!«, schrie sie, und ihre Worte verhedderten sich in meinen Fingern auf ihrem Mund, so wie sich meine in denen von Stiefel verheddert hatten. Stiefel stürzte die Treppe herauf und in mein Zimmer. »Hester, nein!« Er versuchte mich von Sack herunterzuziehen, aber einen wild strömenden Fluss von Blut hält man nicht durch ein Nein auf. Ich schlug ihn dahin, wo sein Baum wuchs, dann auf die Nase. Er warf mich an die Wand – die Wand fing mich und warf mich zurück. Ich schlug nach seinen Augen, zweimal, dreimal. Er stieß noch einmal zu, diesmal richtig, und die Wand gab mir einen Schlag auf den Kopf und sagte: »Ruhe im Karton!« Als ich aufwachte, war das Zimmer leer. Ich lag als Haufen an der Wand, mit wehem Bein, wehem Ellenbogen und wehem Kopf.

Tage und Tage ließen sie mich danach allein. Kein Strafen mehr, keine Aufgaben, keine Bibellektionen. Ich saß in meinem Zimmer und malte mit meinen Fingern Bilder an die Wände. Es waren alles Geheimbilder – man konnte sie nicht sehen. Nur Katze, aber Katze verriet mich nicht. Ich malte den Fluss von Blut; die Cott Road Eins wippte darin auf und ab, mehr ab als auf. Ich malte mich selber, wie ich mit einem langen Stock an seinem Rand stand. Ich drückte die Cott Road Eins mit dem Stock unter Wasser, bis bloß noch der Schornstein herausschaute, und dann drückte ich den auch unter Wasser.

Stiefel ließ mich heraus, wenn ich aufs Klo musste, und brachte mir zu essen. Eines Tages lauschte ich an der Tür. Ich hörte, wie Stiefel sagte: »Wir sind ihr nicht mehr gewachsen. Wir haben nicht die Kraft.«

Sack sagte: »Aber sie ist meine Tochter.«

»Du bist nicht stark genug, Kathy. Wir haben keine Wahl. Schau dir an, wie sie dich zugerichtet hat. Was passiert beim nächsten Mal?«

Stiefel kam in mein Zimmer. »Hester, du bekommst ein neues Zuhause.«

Ich malte ein Lamm und eine Schlange auf den Boden. Die Schlange fraß das Lamm mit einem Haps. »Was für ein Zuhause?«, fragte ich, während ich das Lamm fertigmalte; das Letzte, was verschwand, war sein wackelnder Schwanz.

»Renton.«

»Was ist Renton?«, fragte ich und sah zu Stiefel hoch.

»Renton ist der Ort, wo du wohnen wirst.«

»Warum soll ich da wohnen?«

»Weil du bei uns nicht mehr gut genug aufgehoben bist.«

»Was heißt das, aufgehoben?«

»In Renton wirst du gut aufgehoben sein.«

»Und wo seid ihr dann?«

»Hier.«

»Und wo bin ich?«

»In Renton.«

»Wohnt Katze da auch?«

»Katze bleibt hier.« Und Stiefel setzte sich aufs Bett. Würde er meine Hand nehmen, würde er wieder meinen Namen sagen? Würde mein Name nass von den Tränen aus dem Auge des Fischs sein?

»Hester – ich bin – ich bin ...«

»Was bist du?«, fragte ich.

»Wir hätten dich nicht ... ich hätte dich nicht ...« Er versteckte seine weinenden Augen hinter den Händen.

»Wo wirst du sein?«

»Ich weiß es nicht. Ich weiß nicht, wo.« Seine Hände versteckten die Augen nicht mehr. Ich sah in sie hinein: braun mit roten Tränen darin. In seinem Gesicht waren Kerben, von den Seiten seiner Nase bis hinunter zu den Mundwinkeln. Welches Messer hatte diese Kerben geschnitten? Welche Hand hatte den Griff gehalten?

Sacks Körper in meinem Zimmer machte das Zimmer kleiner, er drückte mich ganz in die Ecke. Sack zog Schubladen auf, schnell schnell, zog Kleider heraus, schnell schnell, mit schnellen Atemzügen beim Beten. Katze schaute um die Türkante. Sie kam langsam ins Zimmer, den Schwanz hochgereckt. Katze wusste, dass sie nicht hier reindurfte. Sack sah sie, »kschscht«, sagte sie, und weg war Katze.

»Wir können dich nicht hierbehalten, Hester.« Im Reden faltete Sack die Kleider zusammen und legte sie in einen braunen Koffer. »Du bist – du bist – ein Dieb, das bist du!« Dann hörte das Reden auf, und sie setzte sich auf den Bettrand. Ihr weißer Gipsarm sah so hart aus wie eine Tür, die nicht aufgeht. »Komm her.« Sie klopfte neben sich auf das Bett. Ich ging zu ihr hin, und sie nahm meine Hand. »Schau mich an, Hester.« Ich schaute in das blaue Wasser ihrer Augen. Die rosa Spinne streckte mir ein Bein zum Festhalten hin. Sack sagte: »Hester.« Ihre Stimme war voller Tränen aus dem Auge des Fischs. Sie hielt meine Hand in ihrer, alle Knöchel an ihren Fingern weiß vor lauter Festhalten. »Hester, als du geboren wurdest, da bist du aus *mir* gekommen. Es war das einzig Richtige, was ich je in meinem Leben gemacht habe. Von wo du kamst, das konnte ich nicht sehen und nicht verstehen, ich wusste nur, es ist der beste Platz in mir.« Sack berührte sanft und langsam das Haar vorn an meiner Stirn. Sie strich es mir von den Augen weg, damit ich sie ganz sehen konnte.

Ich wusste, gleich würde sie meine Hand loslassen. Ich wartete darauf. Sie warf sie weg, wie sie Katze zur Hintertür rauswarf. »Du kannst hier nicht bleiben, mehr gibt es dazu nicht zu sagen.« Sie stand auf und ging aus dem Zimmer.

Als sie weg war, kam ich aus meiner Ecke und sah mir den braunen Koffer und die Kleider darin an. Auf den Kleidern lag meine Bilderbibel und auf der Bibel ein Bild, das ich vor langer Zeit gemalt hatte, noch in der Schule. Es war ein Bild von mir mit Katze auf dem Arm. Ich hatte einen rosa Rock an. Mary war da und winkte, und sie hatte einen Heiligenschein. Ich hatte nicht gewusst, dass Sack das Bild aufgehoben hatte.

»Wir müssen fahren.« Stiefel stand mit dem Koffer im Flur. Sack ging an ihm vorbei und machte die Haustür auf. Sie lehnte mehr nach einer Seite als nach der anderen. Sie hatte die eine Hand auf den Rücken gelegt, die andere steckte in dem weißen Gips, und sie war so dünn wie der Stock, der die Cott Road Eins unter Wasser gedrückt hatte. Stiefel öffnete die hintere Wagentür, und ich kletterte hinein und legte mich hin. Ich war jetzt viel größer; ich musste die Beine abknicken, damit ich auf die Bank passte. Was war das für ein Ort, wo ich hinkam? War er so ähnlich wie die Schule? War Mary dort? War meine Lehrerin dort? Gab es dort Geschichten, die von der Buchseite in meine Finger schlüpften?

Wir fuhren lange Zeit, ehe wir anhielten und Stiefel sagte: »Da wären wir.« Wir stiegen aus und gingen einen Weg mit Blumen auf beiden Seiten entlang. Die Blumen waren orange mit schwarzen Augen. Ich wollte mein Auge an das schwarze Blumenauge drücken und schauen, was unter der Erde verborgen lag, aber Stiefel zog an mir, und ich musste mit. Wir gingen in das Gebäude. Es war kein Haus, keine Schule und auch nicht der Testraum. Es war ein neues Gebäude. Eine Dame mit Haaren aus Metall kam zu uns. Aus Metall sind Messer und Gabeln. Sie streckte die Hand aus, an der drei Ringe waren, einer mit scharfem Glas, und sie sagte: »Ich bin Dr. Pebblinghaus. Herzlich willkommen, Mr. und Mrs. Wakefield.«

»Das ist Hester«, sagte Stiefel. Sack weinte. Sie weinte darüber, dass ich Hester war.

»Wir hier in Renton werden unser Möglichstes tun, damit der Übergang für Ihre Tochter glatt verläuft«, sagte Pebblinghaus. Sie nickte einer Frau in blauen Schuhen zu. Die Frau nahm meinen Arm. Sie war so stark wie Stiefel.

Stiefel und Sack gingen weg. Ich rief ihnen nach, aber sie gingen einfach weiter. Sack ging an Stiefel gelehnt. Stiefel ging an Sack gelehnt. Ihre beiden Körper machten einen Bogen wie das Fenster auf dem Deckel des *Illustrierten Gesangbuchs*. Durch das Fenster zwischen ihnen sah ich die Straße, die wegführte von mir.

Die Frau mit den blauen Schuhen sagte: »Hier entlang.« Ich lief ihr nach, wie Katze Sack hinterherlief, wenn Sack das Fleisch davontrug. Hinter mir kamen ein Mann und eine Frau mit weißen Kitteln und den gleichen blauen Schuhen. Die blauen Schuhe machten sie leicht wie der Himmel, und schnell. Wir gingen auf einem hellglänzenden Boden an lauter Türen vorbei. Ich setzte meine Füße vorsichtig auf, damit sie auf dem glänzenden Boden nicht ausrutschten. Aus jeder Tür war ein kleines Viereck herausgeschnitten, und in dem Viereck waren Gitterstäbe. Wir kamen zu einer Tür, die offen stand. Dahinter war ein leeres Zimmer mit einem Bett. Da hinein ging ich, und die Frau sperrte die Tür zu für meinen glatten Übergang.

Heißes Licht strömte aus einer grellen Kugel über mich. Ich sah weiße Wände ohne Fenster, eine Decke ohne Risse. Keine Ecke, die dunkel genug war für ein Geheimnis, kein Schatten, um einen dünnen Bleistift zu verstecken. Keine Freunde, die an der Wand hingen, keine Gerüche nach Fleisch, kein Schrank für Katze, Schuh und Mantel – nur ich in der Mitte, auf meinem grünen Bett. Der Fluss von Blut strömte schneller. Er kribbelte in mir, wie es in Stiefel kribbelte, über den ganzen Rücken und in sämtlichen Löchern von ihm. Mose und die Binsen gingen unter in dem schnellfließenden Fluss. Die Tochter des Pharao fand ihn nicht rechtzeitig. Niemand war da außer mir. Ich wollte rufen, damit ein Geräusch von mir mit im Zimmer war, aber aus meinem Mund kamen nur schwarze Federn. Ich erstickte vor lauter Federn. Sie blieben mir in der Kehle stecken. Ich hustete, und Federn stoben in mein Gesicht, flogen mir in die Nase, die Augen. Ich warf mich gegen die Tür. Die Tür warf mich zurück, also warf ich mich wieder dagegen und wieder. Zwei Blauschuhe kamen herein. Ich klammerte mich an sie. Einer gab mir Pillen wie die, die Sack für ihre Schmerzen bekam. Als sie weg waren, verwandelte sich das Zimmer in eine Wolke. Jesus wohnte dort; sein Stuhl war aus Wolkendampf, und sein Kleid und seine Haare auch. »Jesus?«, sagte ich.

»Ja?«

»Wo bist du?«

»In der Ewigkeit.«

»Hast du mich verlassen?« Jesus antwortete nicht, weil er schlief – ich hörte ihn schnarchen in seinem Wolkenstuhl.

Ich machte mir ein Bild von der Küchenuhr in der Cott Road Eins, und ich versuchte mitzuzählen, während die Zeiger ihre Runden drehten, aber die Zeigerspitzen spießten die Zahlen auf und schoben sie um das Zifferblatt, bis alles durcheinander war und ich nicht mehr wusste, was eine Stunde war und was ein Tag. War es eine Nacht, die verging, oder sechs? Waren es achtzehn Jahre oder eine Stunde? Ein Blauschuh öffnete meine Tür. »Raus aus den Federn«, sagte er, und ich folgte ihm über die glänzenden Böden in ein großes Zimmer. Ich musste mich auf einen Stuhl aus glänzendem Grün setzen, zwischen lauter Frauen, die alle mit dem Rücken zur Wand saßen. Manche waren groß, manche klein. Sie hatten grüne Anzüge an, die Hosen genau gleich wie die Oberteile. Es war derselbe Anzug, wie ich ihn auch anhatte. Wer hatte mir diese Kleider gegeben? Wo waren die Bilderbibel und meine Schuhe? Manche von den Frauen schauten mich an, manche nicht. Keine von ihnen war Katze, Sack, Stiefel oder meine Lehrerin. Keine von ihnen kannte die Cott Road Eins oder meine Großmutter oder Mary. Zwischen den Lippen von jeder brannte ein kleines Feuer an der Spitze eines weißen Stöckchens. Die Lippen saugten an den weißen Stöckchen, *schlatz schlatz schlatz*. Ich schaute dem Rauch zu, der sich langsam aus allen Nasenlöchern hochkringelte zu einer großen grauen Rauchwolke unter der Decke. Wir saßen und saßen, und die Wolke wurde immer größer und durch sie hindurchzusehen immer schwieriger. Manchmal schickten die Frauen kleine Stimmen in den Rauch hinauf, wo vielleicht Freunde wohnten, die man nicht sah. Eine Frau völlig ohne Haare sagte: »Geil, meine Titten, was, Don? Geil, meine Titten, was, Don?« Sie sagte es immer und immer wieder zu Don, der in der Wolke wohnte, und dazwischen lachte sie, als ob Don sie kitzeln würde. Dann sagte ein Blauschuh: »Alle Mann rüber zum Frühstück.« Wir standen auf und gingen in ein Zimmer mit langen Tischen. Alle Mann setzten sich an die Tische, ich auch. Tabletts kamen hereingerollt, auf kleinen Wagen, die quietschten wie Mäuse. Auf den Tabletts waren Schüsseln mit Porridge und kleine Haufen weiches Ei und eine Tasse Tee in einem orangenen Becher.

Eine Frau mit zwei harten Spitzen und einem langen Reißverschluss dazwischen sagte zu mir: »Ich bin Schwester Clegg. Mach, was ich dir sage, dann kommen wir gut miteinander aus.« Sie goss in jeden Tee einen rosa Saft. »Austrinken, alle Mann.«

Ich steckte den Löffel ins Ei, und dann steckte ich das Ei in den Mund. Da saß es in meinem Mund, warm und weich. Es wollte nicht in das dunkle Loch hinunter, wo keine Geräusche hinkamen und kein Licht. Ich versuchte zu schlucken, aber mein Hals drückte nach oben, nicht unten. Das Ei landete auf dem Tisch neben meinem Teller. Niemand sah es. »Geh runter«, flüsterte ich, bevor ich das Ei wieder in den Mund steckte. Zitternd saß es hinter meinen Zähnen.

»Hilfe«, schrie das Ei. Mein Hals drückte wieder nach oben, und das Ei landete auf dem Boden. Ich rutschte von meinem Stuhl und duckte mich hinunter. Ich fand das Ei. Es zitterte immer noch.

»Geh runter!«, flüsterte ich und steckte es noch einmal in den Mund. Ein Fuß trat mich, und etwas Warmes tropfte mir in den Nacken. Es war Tee mit Ei darin. Eine Frau, die vollkommen schwarz war, sagte: »Iss meins auch«, und warf ihr Ei neben mich auf den Boden. Ich schob mir immer mehr Ei vom Boden in den Mund, wo es saß und zitterte, bis ein Blauschuh mir den Tee an den Mund hielt und ich trank.

Die schwarzen Vögel kamen zurück. Ihre Schnäbel verwandelten sich in Nadeln; die Nadeln bohrten sich durch meine Haut und ins harte Gebein. Ich erwachte in lauter Riemen verschnürt.

Wasser tropfte aus meinen Augen, *plitsch plitsch plitsch*, und machte Pfützen auf dem Boden. Es kitzelte mich beim Herunterfallen. Ich wollte lächeln, aber ich konnte den Mund nicht bewegen.

Was ist das? Ich reckte den Kopf hoch und schaute. Es war ein Kasten mit kleinen Leuten darin, die Kunststücke machten. »Fernsehen«, sagte Schwester Clegg. »Guck zu.«

»Dürfen die Leute in dem Kasten da auch mal raus?«, fragte ich eine Frau, die am Daumen lutschte.

»Nä«, sagte sie.

»Ganz schön fies, was?«, sagte eine Frau, die ohne Wolle strickte.

Die Leute im Fernsehen liefen herum und hüpften und veränderten ihre Farbe. Ich sah Jesus vom Kreuz heruntersteigen. Er befahl mir, einen Silberwagen zu kaufen und damit zu einem Ort ohne Bäume und ohne Wasser zu fahren. Ich sah Hunde beim Fressen in einem weißen Haus, wo der Boden aus Stein war. Ich hätte ihr Fressen am liebsten in meinen eigenen Mund gesteckt. Ich sah einen Mann, der keine Kleider anhatte. Wasser fiel auf seinen Kopf, und er sang *Komm, erleb den Genuss, komm, erleb den Genuss!*, aber so dumm war ich nicht, er schnitt ja bloß auf.

Ich saß in dem Zimmer, das meines war, und versuchte Worte zu einem Gebet zusammenzubekommen. *Und der Tag des Herrn – und der Tag des Herrn – wie ein Dieb in der Nacht – der Tag des Herrn, wie ein Dieb – Tag des Herrn, wie ein Dieb in der Nacht – so naht ER – so kommt ER herbei – wie ein Dieb ...* Ich brachte den Mund nicht zu. Schwarze Vögel flogen herein und bauten ein Nest aus kleinen Stöckchen. Ich hörte sie, *kra kra kra*. Die Stöckchen piksten kleine Löchlein in meinen Gaumen. Die schwarzen Vögel steckten ihre Schnäbel in die Löcher und nippten klebrige rote Flüssigkeit. Die Vögel füllten meinen ganzen Mund aus, und dann pickten sie hinunter zu den verborgenen Stellen, wo man mit den Fingern nicht hinkam. Sie hackten nach den Fischen, die da unten herumschwammen – packten sie bei den Schwänzen, warfen sie in die Luft, dass sie glitzerten in dem Licht über dem Wasser, und schluckten sie dann wie Pillen.

»An die Luft alle Mann«, sagte Schwester Clegg. Die Frauen stellten sich in eine Reihe, und Schwester Clegg sagte: »Raus!« Wir atmeten die Luft aus dem schwarzen Hof mit hohem Gitter auf allen Seiten. Manche Frauen standen an dem Gitter und hielten sich an ihm fest – sie wollten die Luft atmen, die von der anderen Seite kam. Die andere Seite war grün, mit Bäumen und einer Straße. Floss hier irgendwo eine Schlange aus Wasser, gab es hier einen Frosch? Manche Frauen redeten beim Gehen mit der Luft; sie schwenkten die Arme und riefen nach Freunden, die ich nicht sehen konnte. Eine sagte: »Du bist ein Genie, Marty, ein echtes Genie!« Eine andere sagte: »Da auf dem Bild bin ich mit meinem verlorenen Liebsten, sehe ich nicht wunderhübsch aus?« Und eine sagte: »Ihr könnt mich nicht einfach vergiften, ich leg euch einen Kampf hin, ich sag's euch!«

Ich stand auf dem harten schwarzen Boden, aber der Boden drehte sich um mich im Kreis. Ich kniete mich hin und hielt mich mit den Händen an ihm fest, aber er drehte sich nur immer schneller unter mir. Porridge rempelte sich von meinen Füßen herauf bis in meine Kehle, vorbei an Zunge und Zähnen, bis es auf den harten schwarzen Boden spritzte. Mit den Händen im warmen Schleim sah ich in die Höhe, wo Gottvogel wohnte. *Wann kommst du?* Aber Gottvogel kam nicht nach Renton; Renton war zu weit weg.

Es war wieder Frühstück. Schwester Clegg ging von Tee zu Tee und schüttete den rosa Saft hinein. »Austrinken«, sagte sie. Bei jedem Vorbeugen kamen ihre beiden Spitzen ganz nah an ein wartendes Gesicht. Wenn man das Gesicht drehte, würden einem die Spitzen ins Auge stechen. Niemand drehte sein Gesicht. Schwester Clegg schüttete den rosa Saft in meine Tasse. Ich nahm sie und hob sie zu meinem Mund. Die Tasse stieß an meine Lippen, da hörte ich eine leise Stimme: »Du brauchst ihn nicht trinken.« Ich saß mit der Tasse an den Lippen. »Du brauchst ihn nicht trinken. Du kannst ihn vertauschen. Schau.« Ich schaute. Die Frau, die mit mir sprach, schob ihre Tasse vor eine andere Frau, die die Augen zu hatte, als ob sie schon schlafen würde. Dann nahm sie die leere Tasse von der schlafenden Frau, sodass es jetzt ihre war. »Siehst du?«, sagte sie. Meine Tasse berührte immer noch meine Lippen. Der Teedampf stieg mir in die Nasenlöcher. Das war kein Tee wie der, den ich in der Cott Road Eins für Sack gemacht hatte: mit dem rosa Saft drin roch er wie Putzmittel für den Boden. Die Frauen an dem langen Tisch tranken alle. »Du brauchst ihn nicht trinken. Von dem Zeug pennst du mit offenen Augen weg«, sagte die Frau. Ich drehte mich um und sah in die grünen Augen von Mary. Ihre Lippe war nicht in ihre Nase hochgedreht, aber es war trotzdem Mary.

Ich stellte den Tee hin. »Mary«, sagte ich.

»Was?«

»Mary.«

»Wer soll Mary sein?«

»Du.«

»Nein, Unsinn.«

»Mary.«

»Ich bin nicht Mary.«

Aber sie war es doch. »Mary.«

»Ich bin nicht Mary. Ich bin Norma K.«

Ihre Stimme war die von Mary; sie kam aus Marys Mund. »Mary.«

»Ich bin nicht Mary. Ich bin Norma K. K steht für Kyte, wie der Drachen, nur dass man ihn nicht steigen lässt. Es ist mein Name. K-Y-T-E, mit Norma davor.« Sie buchstabierte es wie früher in der Schule meine Lehrerin. *A-P-F-E-L. Apfel.* »Wer ist Mary?«, fragte sie.

»Du bist Mary.«

»Du hast einen Vogel. Lass den Tee stehen, sonst schläfst du den ganzen Tag mit offenen Augen.«

Schwester Clegg sagte: »Alle Mann ins Spielezimmer.«

»Spielezimmer ohne Spiele.« Mary-die-sich-Norma-nannte lächelte und zwinkerte. An einer Seite hatte sie statt Zähnen eine dunkle Lücke im Mund. Ich wollte das Auge an die Lücke drücken und sehen, welches Geheimnis sich dahinter versteckte. Schwester Cleggs Spitzen waren ganz nah an meinem Gesicht. »Trinkst du bitte aus!« Mary schnaubte, und ich trank den rosa Tee.

Ein Mann im Fernsehen sagte zu uns, wir sollten die Erde umgraben und nach Unkraut Ausschau halten. Unkraut ist unerwünscht und nimmt überhand. Du kannst es nicht verhindern, selbst wenn das dein Wunsch ist. Unkraut wächst immer weiter, außer du gräbst es ganz unten aus, wo es mit der Erde verbunden ist, an der Wurzel. Wenn du das Unkraut mit deiner Schaufel an der Wurzel ausgräbst und alle Ästchen herausziehst, auch die, die so fein sind wie Haare, wenn du jedes einzelne herausziehst, dann stirbt das Unkraut in deiner Hand. Wenn es in deiner Hand stirbt, dann beginnt es ein anderes Leben in einem unsichtbaren Land für tote Dinge, das dir gleich sein kann, weil du nie dort warst und kein Bild davon hast, denn wie soll so ein Bild aussehen? Du weißt nichts über dieses Land voller unerwünschter Unkräuter, aber wenn du auch nur das feinste Wurzelhärchen im Boden lässt, dann wächst das lebendige Unkraut wieder neu und nimmt überhand. Du musst tief graben; du musst alles erwischen. Ich beobachtete Mary an der drüberen Wand. Sie suchte nach etwas, ich wusste nicht, was. Sie drehte ihren Kopf hin und her, sie klopfte auf dem Sitz herum, und ihre Beine zappelten. Hast du den Frosch gesehen, Mary? Waren in deinem Kopf auch noch Bilder von mir, als der schwarze Vogel die Schnur schon durchgehackt hatte? Hat der Arsch dich verprügelt?

Mary-die-sich-Norma-nannte saß beim Essen neben mir. Schwester Clegg fuhr die Essen auf einem Wagen herum. Es gab Erbsen, Kartoffelbrei und eine Wurst mit etwas Braunem dabei. »Was starrst du mich so an?«, fragte Mary.

»Mary«, sagte ich. Ist der Frosch gekommen? Bist du auf seinem Rücken geritten? Während die Uhrzeiger ihre langsamen Runden um das Zifferblatt gedreht haben, während ich Blumen auf die Laken geblutet habe und im Kreis meiner erlauchten Gesellschaft hing, hast du da auf dem Frosch gesessen und den Morgen gepriesen?

Mary packte meine Hand mit ihrer. »Ich bin nicht Mary. Ich bin Norma K. *K* wie *Kyte*. Wenn dir das K zu blöd ist, lass es weg, aber ich bin nicht Mary. Ich bin Norma. N-O-R-M-A!«

»Mary.«

»*Norma*.« Sie kniff mich in den Arm. »Sag *Norma*.« Ihr Mund machte ein *Norma* ohne Ton. »Sag's, oder ich kneif dich noch fester.« Wenn ich Norma sagte, wo blieb dann Mary? »Sag's!« Gleich würde die Haut durchgezwickt sein. »Sag's!«

»Norma.«

Mary ließ los. »Und dass du's dir merkst!« Sie sah hinunter auf den roten Stern, der jetzt an meinem Arm war. Sie berührte ihn vorsichtig. »Tut mir leid«, sagte sie. Mary war in Normas Haut versteckt. Das war mein Geheimnis. Ich sagte Norma, aber in Wahrheit war es Mary. Ich aß meine Erbsen und Kartoffelbrei und Wurst ohne Geräusch, weil ich Marys Atmen neben mir hören wollte, *ein aus ein aus*.

Nachts in meinem schwarzen Zimmer mit dem ausgeschnittenen Viereck in der Tür malte ich den Hängeraum. Kerzenschein zeigte mir meine Freunde, die um mich herum aufgehängt waren. Ich wollte zu ihnen, aber es war schwer hinzukommen, wenn man an den Armen aufgehängt war wie ein Mantel. Ich versuchte mit ihnen zu reden, *Guten Morgen gute Nacht guten Abend*, aber sie antworteten nicht. Ich malte die Treppe, die hochführte, ich malte die Dunkelheit an den Wänden und die Augen von Stiefel, wie er über mir schnaufte, schneller, schneller. Ich malte Sack auf den Knien, ich malte Stiefel, der Hester am Holzstoß beobachtete, wie sie Axt durch die Luft sausen ließ, *auf ab auf ab*. Ich malte die Feuer in Sacks Augen, ihre schnellen Schuhe, einer an meiner Kehle. Ich musste die Augen fest zukneifen dabei, denn wenn ich sie öffnete, kamen schwarze Vögel geflattert, *pick pick pick*. Ich hielt mir die Hände vor die Augen, aber die Vögel hackten nach den Ritzen zwischen meinen Fingern. »Nein!«, schrie ich. Die Vögel flogen mir in den Mund. Ein Paar Blauschuhe kam ins Zimmer und stach mir eine Nadel ins Gebein.

Ich wollte den Hängeraum von Renton finden. »Wo geht es runter?«, fragte ich Schwester Clegg. Schwester Clegg hörte gar nicht hin.

»Durch dein Loch, wo sonst?«, sagte die Frau, die ganz schwarz war.

»Warum bist du so schwarz?«, fragte ich sie.

»Die haben mir Formaldehyd reingejagt«, sagte sie, »so heiß, dass die Nadel geschmolzen ist – deshalb!« Sie lachte, und ich sah das Schwarz in ihr drin. Mit geschlossenen Augen malte ich den Hängeraum und blieb darin, bis es wieder Zeit für die Essenstabletts und fürs Fernsehen war.

Die Blauschuhe führten uns durch lange Gänge zum Waschraum. Es waren nur Hähne in einer Reihe, keine Badewanne. Die Blauschuhe schrubbten uns mit einer harten Bürste und Seife. Ein paar Frauen weinten und riefen *nein*, aber ich stand so still wie Lots Weib, während die harte Bürste meine Beine und meinen Rücken schrubbte. Waschen kannte ich. Norma stand unter dem Hahn neben meinem; sie rief mir durch das Wasser zu: »Wir sind in einem Wald, und es regnet auf unsere Köpfe.«

»Was ist ein Wald?«

»In einem Wald gibt's nur Bäume und sonst gar nichts. Vielleicht noch Vögel in den Zweigen und Füchse, aber das war's. Du und ich sind die einzigen Menschen«, rief sie durch die Schrubbgeräusche und das *Nein-Nein*-Geschrei. Wir standen im Regen. Auf allen Seiten waren dunkle Bäume. Ein blauer Vogel mit goldenem Hals flog zwischen den Zweigen hindurch, und ein Fuchs steckte seinen roten Kopf zu einem Loch heraus.

Das Fernsehen lief. Manche Frauen schauten zu, manche schliefen oder redeten mit Freunden, die in der Rauchwolke unter der Decke wohnten. Eine sagte: »Da kannst du warten, bis du schwarz wirst.« Eine andere sagte: »Ich doch nicht, also wirklich, nie im Leben!« Norma streckte mir ein weißes Stöckchen hin. »Kippe?« Es war keine Orange. Man konnte es nicht essen. »Na los, nimm.« Ich sah das weiße Stöckchen an. »Sag bloß, du rauchst nicht!« Ich rührte mich nicht. »Komm schon, ich zeig's dir. Steck sie dir in den Mund.« Norma steckte ein weißes Stöckchen in meinen Mund und eins in ihren. Dann ratschte sie ein Streichholz an der Schachtel entlang. Ihre Backe flackerte golden. Sie hielt die Flamme an das weiße Stöckchen in meinem Mund. »Saug dran, damit sie brennt.« Ich saugte, für Norma, und an dem weißen Stöckchen glühte ein kleines Feuer. »Fester.« Norma lachte. War das der Teufel? Ich saugte fester, und der Rauch von dem weißen Stöckchen kringelte sich bis hinunter, wo die Fische im dunklen, stillen Wasser schwammen. Er brachte Gottes Frieden zu den Stellen, an die man mit den Fingern nicht hinrühren kann.

»Und jetzt lass ihn raus.« Norma lächelte, und ich sah die schwarze Lücke in ihrem Mund. Ich ließ den Rauch heraus, und er brannte so, dass ich husten musste. Brennendes Wasser schoss mir in die Augen. Ich saugte wieder. »Du kapierst schnell«, sagte Norma. Sie zündete ihr eigenes weißes Stöckchen an, und wir saugten zusammen den Rauch ein. Ich hustete, und Norma nickte und sagte: »Gut machst du das.«

Die Uhr habe ich von Stiefel gelernt. Das war seine Lektion. *Kleiner Zeiger auf der Eins, großer auf der Zwölf: ein Uhr; kleiner Zeiger auf der Zwei, großer auf der Zwölf: zwei Uhr; kleiner Zeiger auf der Drei, großer auf der Zwölf: drei Uhr. Das ist die Zeit*, sagte Stiefel. *Sie tickt*. Er hielt mir die Uhr ans Ohr, und ich hörte eine Küchenschabe im Kreis marschieren, *tick tick tick*. Ich beobachtete die Wanduhr in Renton. Es war die gleiche wie zu Hause. Auch da tickte die Zeit.

»An die Luft alle Mann«, sagte Schwester Clegg. Ihre beiden Spitzen zeigten uns die Richtung. Die Frauen reihten sich zu einer Schlange auf und gingen in den Hof. »Wenn dir wieder schlecht wird, Hester, geh da hinten an den Zaun.«

Der Hof drehte sich unter meinen Füßen im Kreis. Ich ging langsam zum Gitter. Ich wollte auf allen vieren hinkrabbeln, aber die Blauschuhe sagten nein. Die Kreise wurden immer schneller. Ei und Zwiebel waren unterwegs. Ich krümmte mich. Ei und Zwiebel waren fast da. Zwei Füße standen vor meiner Nase. Ich sah an den langen Beinen hoch und merkte, dass es Normas Beine waren. »Komm, wir gehen zusammen«, sagte Norma.

Ei und Zwiebel warteten ab. »Komm.« Norma streckte mir die Hand hin. Auf der Hand war ein Bild von einem Schmetterling, mit grünem Buntstift gemalt. »Nun komm schon. Tempo!« Ich nahm die Hand. Der Schmetterling flatterte unter meinen Fingern. Sie zog mich hoch, bis ich gerade stand. »Habt ihr das in der Schule nicht gemacht?« Sie drückte ihren Fuß an meinen, sodass aus einem Fuß zwei wurden. »Denk dir, unsere Füße wären zusammengebunden. Und jetzt lauf.« Wir liefen, erst langsam, dann schneller. *Eins zwei, eins zwei*, zählte Norma. »Wenn das ein Wettrennen wäre, würden wir gewinnen!« Wir gingen zusammen die Hofränder ab, und Ei und Zwiebel blieben, wo sie waren.

Am Gitterzaun hielten wir an und bogen die Finger um den Draht. »Schau raus, Hester. Wärst du gern da draußen?« Es war die grüne Welt da draußen, und die Straße, die wegführte. »Sag?«

Nach einer langen Zeit, in der wir nichts sagten und in der nur die grüne Welt hinterm Gitter mit ihren Blättern zu uns hereinwinkte, sagte ich: »Ich will hören, wie der Frosch das älteste Lied überhaupt singt.« Ein schwarzer Vogel flog über unseren Köpfen. Er war groß, mit schimmernden Flügeln.

»Hmm.«

»Mit Mary.«

Norma legte die Hand an den Draht. Ihr grüner Ärmel schob sich hoch. In ihre Arme waren kleine Straßen geschnitten. Wo führten diese Straßen hin? »Schon wieder Mary«, sagte sie.

»Und mit meiner Großmutter.«

»Früher hab ich da draußen gewohnt. Ich hab alles Mögliche gemacht. Ich bin Auto gefahren, und ich hab gekocht.« Ich betrachtete Normas Arme genauer, und ich sah, dass die Straßen zu Städten führten, Städten mit Häusern und einer Schule und Einfahrten, die zu Gartentüren führten, und Gartenwegen, die zu Haustüren führten. Alle Häuser hatten Fenster, zu denen man hinausschauen konnte, und in den Gärten davor waren Schläuche und rote Eimer und Katzen und singende kleine Kinder. Alles Unkraut war ausgegraben, und an allen Wegen blühten Blumen, jede mit einem bunten Tanzröckchen an. In so eine Stadt wollte ich auch. »Mein Bruder wohnt draußen. Er besucht mich jeden ersten Montag im Monat.«

»Oh«, sagte ich. Kain hatte Abel erschlagen, so waren Brüder.

»Er versteht nicht, warum ich hierbleiben will.« Mit dem Finger malte ich einen Bruder auf den Draht. Er hatte einen Stecken wie Abel. Auf meinem Bild reckte der Bruder den Stecken hoch und sagte: »Pass gut auf.«

»Ich kann es ihm nicht erklären. Er findet, eigentlich sollte er hier sein, nicht ich. Er sagt: ›Du hast hier kein Leben, Norma.‹«

»Du hast hier kein Leben, Norma«, sagte ich.

»Nächste Woche kommt Harrison wieder.«

»Wer ist Harrison?«

»Mein Bruder. Er kommt nächsten Montag.«

»Wann ist das?«

»Am Montag, Dummkopf.« Aus Normas Augen blitzte Mary hervor.

»Weitergehen?«, fragte Norma.

»Weitergehen«, sagte ich. Immer rund herum gingen wir, unsere Füße zusammengebunden von der Schnur, die nicht da war. Als wir schon wieder drinnen waren, spürte ich die Schnur immer noch.

Ich lag auf meinem Bett, erst mit offenen Augen, die an der Decke nach Rissen wie Flügeln suchten, dann mit geschlossenen. Ich malte Stiefels Baum, wie er meine Arme und Finger entlangwuchs, bis er durch mich hindurchbrach und mich umriss. Ich malte Türknauf und Löffel. Sie redeten mit mir, zum ersten Mal, seit Sack meine Bilder in Vögel verwandelt hatte und sie zum Schornstein hinausgeflogen waren. Meine Freunde kitzelten mich in den Ohren. Es war alles nur Flüstern; Worte konnte ich keine verstehen. Ich malte den dünnen Stecken von Sacks Körper, wie er sich schiefbog und mehr nach einer Seite lehnte als nach der anderen. Ich malte die grauen Schattenpfade, die unter der Haut von Sacks Händen entlangliefen. Ich malte die rosa Spinne unter Sacks Auge und verwandelte sie in eine Fliege.

Norma saß an der einen Seite des Morgenzimmers, ich an der anderen; die Wolke aus Rauch hing zwischen uns. Norma hob die Hand, steckte sich das weiße Stöckchen in den Mund und saugte. Durch die Rauchwolke glühte ihr kleines Feuer heiß auf. Ich hob die Hand, steckte mir das weiße Stöckchen in den Mund und saugte. Mein kleines Feuer glühte heiß auf. Ihre Hand kehrte zurück in ihren Schoß. Meine Hand kehrte zurück in meinen Schoß. Wir beobachteten uns, unsere Augen ließen einander nicht los.

Jeden Tag ließen wir unseren Rauch tanzen, und die unsichtbare Schnur um unsere gehenden Füße schlang sich um uns und band uns aneinander fest. Bilder flossen durch sie hindurch. Es waren Mary und Norma, beide zugleich.

Beim Frühstück trank ich nie mehr meinen rosa Tee. Ich vertauschte ihn mit Ritas, die nicht sehen konnte, oder ich kippte ihn in meinen Pantoffel, wenn der Blauschuh den Wagen weiterschob. Mein Pantoffel war den ganzen Tag klebrig, aber meinen Tee trank ich nie; Norma war dagegen.

Schwester Clegg sagte: »Schwimmbad, alle Mann.« Es ging nach unten, dahin, wo der Hängeraum hätte sein müssen. In einer Reihe stiegen die Frauen Stufen mit glitschigen Rändern hinunter. Schwarze Vögel saßen auf dem Treppengeländer. Jedes Geräusch, das man machte, kam wieder zu einem zurück. Rita rief *wapp wapp wapp. Wapp wapp wapp*, kam es zurück. Die Blauschuhe gaben uns weiße kleine Höschen und ein Ding für obenrum. Das Wasser war in einem eckigen Kasten. Die Frauen stiegen ins Wasser wie Johannes der Täufer, der in den Fluss taucht.

»Wir wohnen in einem Meerhaus. Wir schlafen in Meerbetten. Wir haben ein Meerbaby«, sagte Norma und schwänzelte wie die Fische, als das Rote Meer sich teilte. »Schwimm, Hester!« Die Worte machten Sätze die Wände entlang, *schwimm Hester schwimm Hester schwimm Hester.*

Es war Montag, und Normas Bruder kam sie besuchen. Besuchen, das ist, wenn man ein Stück läuft, und jemand ist da, und man bleibt eine Zeitlang und läuft dann zurück. Bei meiner Großmutter, das war Besuchen. Ein Besuch geht zu Ende, und man selber geht heim und malt Bilder von allem, was man gesehen hat. Manchmal bekamen die Frauen hier Besuch. Dann gingen sie in den Besucherraum. »Kommt Kain?«, fragte ich.

»Nein«, sagte Norma. »Kann sein, dass Harrison Harvey mitbringt, aber wenn, dann bleibt Harvey im Auto. Er schnappt manchmal.«

»Wer ist Harvey?«

»Harrys Hund.« Als sie klein waren, sagte Norma, wohnten sie ganz nah am Busch. Sie sagte, Harrison und sie hatten sich eine Seilrutsche über den Fluss gebaut. Sie sagte, man musste sich einfach nur dranhängen, und der Reifen sauste mit einem das Drahtseil entlang. Sie sagte, die Bäume steckten voller Papageien, wie bunte Lutscher in den Zweigen; es war immer eine süße Überraschung, einen zu sehen. Sie riefen hinter einem her, und es klang wie viele Glocken auf einmal. Harrison und Norma hatten sich ein Lager in einem alten Wombatbau gebaut, da versteckten sie sich vor ihrem Vater, und eines Tages klemmte Harrison sich den Fuß ein, und Norma musste ihn mit einem Abschleppseil rausziehen, aber er hatte sich als Einziges den Fuß verknackst, und das war ihm egal, sagte er, weil er nämlich Wombatknochen gefunden hätte und einen Schatz. Als Norma den Schatz auch sehen wollte, sagte Harrison, der Schatz würde von einem Piraten bewacht, der statt einer Hand einen Haken am Arm hatte. Normas Gesicht spaltete sich in lauter winzige Zeichenbilder auf, als sie die Geschichte erzählte. Wenn sie länger gelacht hätte, hätte ich Zeit gehabt, mir alle Zeichnungen genau anzuschauen und die Bilder zu erkennen. Dann sagte sie: »Ich muss jetzt in den Besucherraum. Kommst du solange klar?«

»Was ist das, klar?« Drei schwarze Vögel stießen herab. Ich drückte den Mund fest zu.

»Deine Fragerei kann einen verrückt machen.« Norma lachte. Sie war die lachende Sonne. »Ich muss Harrison von dir erzählen.«

Ich saß vor dem Fernseher und wartete. Ein Mann las eine Geschichte über eine Armee im Staub und einen Bären, der geboren wurde. Als Norma zurückkam, war die Sonne hinter Wolken verschwunden. Sie setzte sich auf den Stuhl neben meinem und machte die Augen zu. Ein Bild von Norma, die ihrem Bruder zum Abschied winkte, floss durch die Schnur zu mir. Norma redete den Rest des Tages nichts mehr. Sie schaute geradeaus, und manchmal zog sie den Mundwinkel hoch, aber nicht zum Lächeln – um etwas nicht rauszulassen.

Normas Schreie kamen die Schnur entlang, durch meinen Schlaf mitten hinein in mein Ohr. In dem schwarzen Auge von Normas Schreien hörte ich glutheiße Not. Ich stieg aus dem Bett und fing zu rufen an. Ich rief und rief, bis ich Blauschuhe kommen hörte. Ich wartete hinter der Tür, und als die Blauschuhe hereinkamen, schubste ich sie so fest, dass sie nach hinten stolperten, und ich rannte die Schnur entlang zu Norma. Durch einen langen Wurm aus Dunkelheit rannte ich, immer Normas Schreien nach. Ich stieß drei Türen auf und rannte durch sie hindurch. Blauschuhe waren hinter mir. Sie jagten mich, aber ich war schneller, denn ich musste zu Norma.

Sie lag in einem Zimmer mit lauter anderen Betten. Der Teufel hielt sie gepackt. Sein schwarzschuppiger Kopf war zu ihrem Hals heruntergebogen, sein Flammenschwanz peitschte hin und her. Er wollte Norma auffressen. Norma wehrte sich mit aller Kraft, aber der Teufel war stark. Er biss sie und knurrte ihr ins Ohr.

»Nein!«, sagte ich zum Teufel. »Nein!« Er hob den Kopf und zeigte mir seine scharfen Zähne. Ich ging ganz dicht heran, ich drängte mich zwischen Norma und den Teufel. »Nein«, sagte ich noch einmal. »Lass Norma in Ruhe.« Der Teufel legte den Kopf schief. »Hau ab!«, sagte ich. Der Teufel schlich davon, hungrig und krummbeinig.

Ich kroch zu Norma ins Bett, ich flüsterte, »Norma K, Norma K, Norma K wie Kyte, aber man lässt deinen Drachen nicht steigen, man sagt es nur, wenn man will, *Norma Norma Norma.*« Sie wurde still in meinem Arm, weich wie ein Kopfkissen. Ihr Atem ging langsamer. Sie schaute mir in die Augen. Ihr Gesicht glänzte nass. Der Teufel war weg. Blauschuhe kamen angestürzt; sie bohrten eine Nadel ins Gebein von Norma K, und sie brachten mich zurück in mein Zimmer und bohrten da eine Nadel in mich. Die Nadel kratzte am Knochen, bis sie ein Loch machte, und als das Loch im Knochen groß genug war, drückten die Blauschuhe zu, und Schlamm quoll hinein, zäh und schwer.

Am Morgen war Norma nicht im Rauchzimmer. Ich fragte einen Blauschuh: »Wo ist Norma K?«

»Sind wir verknallt?«, sagte jemand.

»Norma K darf mal wieder auf dem Thron sitzen«, sagte jemand anderes. Tina knickste, und alle lachten. Vom Thron stieg der König herab und befahl den Tod von Jesus. Norma K war nicht in dem Spielezimmer-ohne-Spiele, nicht beim Fernsehen, nicht im Hof. Norma K war nirgends. Ich wartete und malte mit geschlossenen Augen Bilder, die ich die Schnur entlang zu ihr schickte. Ich schickte ihr die grünen Blätter hinter dem Gitterzaun, ich schickte ihr unsere beiden Füße im Gleichschritt, und ich schickte ihr Wasser aus dem Schwimmbad.

Stiefel, warum schaust du mir nicht ins Gesicht? Bei deinen Nachtbesuchen konntest du mir ins Gesicht schauen, mitten in meine Augen hast du geschaut und deinen Mund auf meinen gelegt, und dann, als ich mit Blutblumen auf dem Betttuch aufgewacht bin, konntest du sie plötzlich nicht mehr sehen. Katze hast du gesehen, Töpfe und Pfannen hast du gesehen, Spüle, Klo, Bett, Wände, die Bibel, den Hängeraum, den Eimer, die Axt, den Stoß aus gehackten Scheiten, nur meine Augen nicht. Stiefel, wenn ich zurückkäme, würdest du herschauen?

Ein Mann im Fernsehen sagte: »*Trink, dann darfst du zu mir ins Becken steigen.*« Eine Dame im Wasser sagte: »*Berühr meine Haut*«, und eine Orange sang: »*Ich hab den süßesten Saft.*« Ich sah einer Spinne in ihrem Netz oben an der Wand zu. »Schlag das Netz runter, Hester«, sagte Sacks Stimme. Sacks Hand hielt mir den Besen hin. Ich stieg auf den umgestülpten Eimer, schwang den Besen hoch und schlug das Haus der Spinne entzwei. Kein Besen hier, keine Sack-Stimme, die sagte: »Schlag's runter!« Eine

Fliege kam und ruhte sich auf einem Spinnenfaden vom vielen Herumschwirren aus. Als sie weiterfliegen wollte, bekam sie die Füße nicht los, egal wie sehr sie sich abmühte. Die Spinne kam gemütlich herbei. Sie konnte sehen, wie Fliege an dem klebrigen Faden zerrte und zog. Sie grinste, streckte ihre Beine nach der Fliege aus und spann ihr Netz um sie. Eine Weile zappelte Fliege noch, dann hörte sie auf. Danach war sie nicht mehr zu sehen, denn sie war in der Spinne drin.

In der Nacht kamen Sacks Augen zu mir ins Zimmer – zwei kreiselnde blaue Teller, unter denen die rosa Spinne herauswinkte. Was war es, was die Spinne mir sagen wollte?

Nach dem Frühstück sagte Pebblinghaus: »Heute haben wir einen besonderen Gast, meine Damen. Eine Psychologiestudentin. Ist das nicht schön?«

Eine Frau mit rosa Flecken auf den Backen und mit Augen so braun wie Tee ohne Milch sagte: »Hallo, ich heiße Alice Plow, aber sagen Sie ruhig Alice.«

»Ruhig, Alice«, sagte Rita.

»Ruhig, Alice«, sagte Linda.

»Ruhig, Alice! Ruhig, Alice!«, riefen alle im Zimmer. Alice Plow versuchte zu lächeln. Rita hüpfte auf und ab und kreischte *Alice Alice Alice*. Die Blauschuhe brachten Rita raus, und es wurde wieder still.

»Wie wollen Sie die Sache angehen?«, fragte Pebblinghaus Alice Plow.

»Ich würde gern mit Malen anfangen.«

»Mit Malen? Das wird sicher interessant«, sagte Pebblinghaus mit einem kleinen Lachen. Das Lachen war ein Stock in Alice Plows Auge.

Alice Plow ließ ihn dort stecken und nahm einen neuen Anlauf. »Ja, es erweist sich zunehmend als eine sehr nützliche Technik. Die Dekonstruktion der Bilder kann uns vieles verraten.«

»Was möchten Sie denn gerne verraten bekommen?«

Die Flecken auf Alice Plows Backen waren nicht mehr rosa, sie waren rot. »Es ist eine sehr nützliche Technik«, sagte sie. »Könnten Sie mir vielleicht beim Austeilen helfen?« Pebblinghaus schloss den Mund und gab allen Pinsel. Alice Plow verteilte Farben auf einem Tablett – Rot, Blau und Gelb. Ich schaute die leuchtenden Farben an, den Rücken an die Wand gedrückt. Mrs. D. warf ihren Pinsel nach Pebblinghaus. Annie steckte ihren in ihre Hose. Alle anderen saßen wie ich auf ihren Stühlen, Rücken zur Wand.

Ich hielt meinen hölzernen Pinsel umklammert. Er redete mit mir. »Halt mich fest«, sagte er.

Alice legte Papier auf den Tisch.

Nan sagte: »*Verpiss dich.*«

Alice lächelte, und es tat ihrem Gesicht weh. »Ich möchte, dass Sie alle das malen, was Sie heute bewegt«, lächelte Alice Plow.

»Verpiss dich, Alice Plow!«, rief Linda.

»Alice, verpiss dich! Alice, verpiss dich!« Wieder war das Zimmer voller Geschrei. Pebblinghaus versteckte ihr Satanslachen hinter ihren geschlossenen Zähnen. Linda stand auf, nahm das Tablett mit den Farben und warf es an die Wand. Rot, Gelb und Blau floss von der Wand herab. Ein Bild von einem roten Löwen in einer tiefen Grube füllte die ganze Ecke aus. Sein Schwanz tropfte nass. Das Zimmer war voller Geschrei und Gerenne. Die Blauschuhe brachten auch Mrs. D. weg. Ich hielt meinen Pinsel gut fest und rührte mich nicht.

Alice Plow hob die Pinsel vom Boden auf. Sie sah zu den Farben an der Wand. Was verrieten sie ihr? »Vielleicht fangen wir doch besser mit etwas anderem an«, sagte sie.

»Ganz wie Sie möchten, meine Liebe«, sagte Pebblinghaus, die die Farbe aufwischte.

Alice Plow wollte wieder zurück hinter den Zaun mit den hohen Stacheln.

Norma kam zurück. Sie saß in dem Zimmer mit dem Fernseher. Um ihre Schultern lag eine graue Decke. Sie sah nicht den Kunststücken in dem Zauberkasten zu, sie trommelte nicht mit den Fingern oder zwickte die Frau neben ihr oder rauchte; sie starrte einfach die Wand an. Ich schickte ihr ein Bild von mir, wie ich ihr winkte, aber das Bild verfing sich in einem Knoten. Norma schaute die Wand an, und ich schaute Norma an. Ich hatte eine Frage an sie. Ein schwarzer Vogel flog vor dem Fenster herum. Die Decke rutschte von Normas einer Schulter herunter. Ich ging zu ihr hin, aber ich schielte dabei zu dem hungrigen Vogel hinüber. Neben Normas Stuhl blieb ich stehen. Das Auge des Vogels funkelte, als er vorbeiflog. Norma war der traurige Mond. Ich zog zwei weiße Stöckchen aus dem Gummizug meiner Hose. Ich holte tief Luft und stellte meine Frage: »Rauchen, Norma?« Der Vogel hörte auf zu fliegen und beobachtete mich. Sein Schnabel konnte das Glas durchhacken. Ich stellte meine Frage noch einmal: »Rauchen, Norma?« Sie sah mich an, ganz langsam. Auf ihrem Gesicht war ein Schatten, eine Narbe, und ein Teil von ihren Haaren fehlte. Ich stellte die Frage noch einmal, und der Vogel draußen klopfte mit dem Schnabel an die Scheibe. »Rauchen, Norma?« Ich hielt ihr das weiße Stöckchen hin. Sie nahm es nicht. Ich steckte mir beide weißen Stöckchen in den Mund, ratschte das Streichholz an der Schachtel entlang und zündete zwei Feuer an. Ich steckte Norma das eine weiße Stöckchen zwischen die Lippen. »Saug, Norma«, sagte ich. »Saug.« Norma saugte. Das Feuer glühte heiß auf. Sie machte die Augen zu. Der Friede Gottes war unterwegs. Als sie die Augen wieder aufmachte, lächelte sie durch den Rauch, der sich zu ihrer Nase und ihrem Mund herausringelte, und hinter dem Rauch sah ich die dunkle Lücke, wo die Zähne fehlten. Ich lächelte auch. »Norma K«, sagte ich. Als ich zum Fenster hochsah, war der Vogel draußen weggeflogen. Norma schickte mir ein Bild von sich, wie sie winkte, *Hallo, da bin ich wieder*, und diesmal war kein Knoten im Weg.

Wir gingen um den Hof, Norma und ich Fuß an Fuß. Die Sonne schien auf unsere Köpfe, und die grünen Blätter auf der anderen

Seite tanzten für uns. Zwei weiße Wagen fuhren auf der Straße vorbei; ich sah ihnen nach, bis sie verschwunden waren. Norma kratzte sich an den Handgelenken. »Der Teufel kommt jedes Mal, wenn Harrison da war. Er hatte mich im Bett gepackt, aber dann bist du gekommen, und er ist weggegangen. Als sie mit der Spritze kamen, war er schon nicht mehr da.« Sie blieb vor dem Drahtzaun stehen, also blieb ich auch stehen. »Vor dir hat niemand es geschafft, ihn zu vertreiben.« Wir legten die Hände an den Draht. »Ein paar Elektroschocks haben sie mir sicherheitshalber trotzdem verpasst.« Norma zwinkerte mir zu. Ihr grüner Schmetterling saß ganz dicht an meiner Hand.

Ich war mit den Frauen im Schwimmbad. Keine hatte ein Gesicht, nur Norma gleich neben mir hatte eines. Ein Mann mit einer kurzen Hose und weißen Socken stand am Beckenrand und hob die Arme über den Kopf. Musik spielte. Schwester Clegg sagte »Macht es alle wie Mr. Wills« und hob auch die Arme hoch. Manche von den Frauen ohne Gesichter nahmen die Arme hoch, manche nicht. Norma spritzte mich an, sie lachte. Ich spritzte zurück; weißes Wasser füllte die Luft. Manche von den Frauen drehten sich langsam hin und her, so wie Mr. Wills. Mr. Wills hatte auch kein Gesicht: keine Nase, keine Augen, keinen Mund. Die Luft drang einfach durch seine Haut. Norma sprang auf meine Schultern, und wir gingen unter. Ich machte die Augen auf. Norma lachte unter dem Wasser weiter. Ihre Ränder wellten sich, wenn sie sich bewegte. Wir blieben lange Zeit untergetaucht. Als wir auftauchten, schliefen die Frauen und Mr. Wills und Schwester Clegg am Ufer. Der Atem fuhr langsam durch ihre Haut herein und wieder heraus, weil sie keine Gesichter hatten. Norma und ich waren in unserem eigenen Land; es war ein Wasserland, in dem man nie die Arme hochheben oder einen glatten Übergang schaffen musste. Wir rannten über runde schwarze Steine, und dann wuchsen uns Fischschwänze, und wir tauchten ins Wasser.

Schwester Clegg teilte uns zum Putzdienst ein. Ich musste die Waschbecken ausputzen. Brauner, klebriger Waschbeckenschmutz saß unter den Hähnen, und meine Aufgabe war es, ihn wegzumachen. Ich tunkte den Schwamm in den Eimer, und dann wischte ich unter den Hähnen. Der braune Schmutz ging von den weißen Kacheln ab und hinein in meinen Schwamm. Die kleinen Löcher im Schwamm waren kleine runde Betten für den Schmutz. Der Schmutz zog von einer Stelle an eine andere um. Meine Aufgabe war es, ihn in sein neues Zuhause zu bringen. Mein Schwamm hatte eine neue Farbe, jetzt, wo er das Haus für den Waschbeckenschmutz war. Wie sollte ich es jemals schaffen, dass der Schmutz ganz wegging? Der Schmutz geht nie weg, er zieht nur um. »Nun mach schon, Hester.« Blauschuhe kamen näher. Ich wischte weiter.

Wir gingen unsere Runden im Hof. Norma redete, und ich hielt nach schwarzen Vögeln Ausschau. »Ich kann alles Mögliche im richtigen Leben; ich meine, früher konnte ich es.« Graue Wolken überzogen den Himmel. »Ich konnte Auto fahren und im Laden arbeiten. Einmal hab ich sogar auf einem Schiff gearbeitet, mit meinem Bruder. Ich war fürs Kochen zuständig. Ich hab mein eigenes Geld verdient, aber ich wusste nie, wann der Teufel wiederkommen würde. Es ist besser, hier drin zu sein als draußen. Draußen konnte mich der Teufel so richtig zu packen kriegen, und ich wusste nie, wann.« Leiser Regen fiel aus den Wolken. »Ich hab versucht, mich umzubringen. Ein paar Mal schon. Deshalb bin ich hier drin. Ich bräuchte nicht hier zu sein. Ich kann gehen, wann ich will. Ich könnte bei meinem Bruder wohnen. Er wohnt an einem Fluss, und er fischt. Früher hat er in der Stadt gewohnt, aber er hatte einen Zusammenbruch, wegen dem, was passiert ist, als wir klein waren. Es ist mehr mir passiert als ihm. Wenn ich ihn sehe, kommt es alles wieder hoch. Aber deshalb kann ich doch nicht aufhören, ihn zu sehen! Er ist mein kleiner Bruder! Ich habe Geld, von dem Hausverkauf. Mein Bruder hebt es für mich auf. Ich habe ihm gesagt, er soll es ausgeben. Ich habe ihm gesagt, dass ich nie hier raus will. Wenn ich hier rausgehe, lande ich in der Hölle.« Normas Gesicht war rot. »Du hast mich gerettet, neulich in der Nacht. Du bist mein rettender Engel.« Ihre Augen waren ein Spiegel, und in dem Spiegel konnte ich mich sehen. Ich war ganz aus Licht, und ich flog durch den Regen wie Gabriel mit seiner Botschaft.

Ich wachte auf: Türknauf, Axt, Kochlöffel, Besen, Treppe, Baum und Tisch riefen alle gleichzeitig nach mir. Ihre Stimmen füllten das Zimmer. Ich wollte ihnen antworten, aber so wie sie alle durcheinanderredeten, wusste ich nicht, wen ich anreden sollte oder was sie überhaupt sagten. Das Zimmer war voll mit Flüstern, dann Rufen, dann wieder Flüstern. »Türknauf!«, sagte ich, weil er mein erster Freund gewesen war. »Was willst du mir sagen?« Türknauf wollte antworten, aber Kochlöffel redete dazwischen, und Besen auch; sie kicherten und wisperten, sodass ich Türknauf nicht verstand. »Ruhe!«, befahl ich. »Türknauf, was sagst du da?« Wieder wollte er antworten, aber das Holz, das in den roten Holzofen wanderte, rief so laut nach mir, dass ich mir die Ohren zuhalten musste. Ich schlief ein; als ich wieder aufwachte, kam kein Licht durch das Viereck in meiner Tür. Keine Blauschuhe redeten auf dem Gang, keine Fernsehgeräusche kamen aus dem Schwesternzimmer, kein Gerufe von Frauen, die sich verlaufen hatten, weil sie einen Hängeraum suchten. Es war eine schwarze, leere Stille mit noch mehr Stille drum herum. Etwas braute sich zusammen, was mir ganz allein galt. Eine Stimme aus allen Stimmen, die ich jemals gehört hatte, sagte: »Geh heim.«

Ich hatte den Pinsel von Alice Plows Besuch in meiner Hose versteckt. Ans Fußbrett von meinem Bett malte ich Norma und mich im Löffelboot. Wir waren von Kopf bis Fuß gelb, aus gestohlenem Frühstückseigelb, und wir segelten zusammen durch den Flaschenhals.

»Was wünschst du dir, Hester? Ich möchte dir gern etwas schenken.« Norma saß neben mir, während in dem Zauberkasten Hunde durch Reifen sprangen.

»Was denn?«, fragte ich.

»Irgendwas, was ich für dich tun kann«, sagte sie. Die Hunde sprangen durch den höchsten Reifen. Der Reifen brannte.

»Was?«

»Das frag ich *dich*. Der Teufel war nicht wieder da, seit du gekommen bist. Was kann ich dir für einen Gefallen tun?« Ich wusste nicht, was sie von mir hören wollte, also sagte ich nichts. »Sag, Hester!« Ich wünschte mir, ich hätte eine Antwort. Ich wusste nicht, was sie wollte. In mir war keine Antwort. »Es wird doch irgendwas geben, was ich für dich tun kann. Du hast mich gerettet, was kann ich für dich tun?«

Ich fing an zu weinen. Ich wusste nicht, was Norma wollte. Das Weinen war laut. Ich wusste nicht, wo es herkam. Ich wartete darauf, dass Norma mir einen Klaps gab. Norma beugte sich herüber und legte mir die Arme um den Hals. Sie legte ihren Kopf an meinen. Harter Kopf an hartem Kopf, es war warm dazwischen. Ich hörte Haare, die an Haaren rieben. Aus mir kam immer neues Weinen. »Verzeih mir, Hester«, sagte sie. »Ich wollte dir keine Angst machen.«

Als mein Weinen aufhörte und wir wieder hochsahen, streichelten im Fernsehen zwei Männer die Hunde, die durch den Feuerreifen gesprungen waren. Ein Hund hatte einen angebrannten Schwanz. Die Männer gaben ihm eine Goldmünze an einem Band und einen Keks.

Norma erzählte mir von ihrer Zeit auf dem Schiff. Sie hatte für alle gekocht, sagte sie. Jeden Abend hatte sie in einem Buch nachgeschaut, was sie diesmal kochen könnte, und jedes Mal war es was anderes. Mal waren es Teigtaschen mit Zwiebeln und Speck, mal war es Schweinebraten mit Maisbrot, mal Apfelkuchen mit Schlagsahne. Sie konnte durchs Fenster den Ozean sehen, sagte sie, während das Schiff dahinfuhr, und sie rührte im Takt mit dem Schaukeln der Wellen. Alles war salzig, und sie sah einen Wal, was der größte aller Fische ist, so groß, dass kein Mensch ihn besitzen kann. Er gehört bloß dem Ozean. Ich fragte: »Wie viele Tiere hatten auf dem Schiff Platz?«

»Nur mein Bruder und sechs Mann dazu. Das reichte völlig.«

Ich lag in meinem Bett, das ein Schiff war. Wir segelten weit übers Meer zu meiner Großmutter im Wasserfriedhof. Grabsteine schwammen auf der Meeresoberfläche. Als meine Großmutter Norma und mich sah, sagte sie: »Endlich.« Sie kletterte auf mein Bett, und wir segelten davon, und Norma rührte den Pudding im Takt mit dem Schaukeln der Wellen.

Als ich nachts aufwachte, stand Baum an meinem Bett. Seine Äste reichten bis zur Decke, und seine trockenen Blätter raschelten leise in dem kleinen Windzug. »Hester – hübsche, schöne ... Hester«, flüsterte er.

Ich stieg aus dem Bett und schlang die Arme um ihn. Er war kühl und rau; die Runzeln in seinem Körper erzählten mir Geschichten durch meine Haut. Wenn Baum noch weiterwuchs, dann würde er die Wände eindrücken und das Dach abheben, wenn er sich nach dem Land der Sonne reckte. Wenn Baum weiterwuchs, würde Renton einstürzen. »Hallo, Baum.«

»Hester«, sagte Baum. Eine einsame Träne tropfte durch seine Stimme, weil er daheim in der Cott Road Eins nur noch mit Stiefels leeren, nassen Hemden plaudern konnte.

»Baum«, sagte ich.

»Hester, komm heim zu uns«, sagte Baum.

»Aber ich gehöre nach Renton.«

»Frag Norma. Komm heim – nur für eine Nacht.«

»Aber wir sind doch in Renton!«

Ich legte mich wieder ins Bett und machte die Augen zu. Baums Blätter raschelten und sangen ein Schlaflied nur für mich.

»Frag Norma«, sagte er noch einmal, und dann war es Morgen, und Baum war fort.

Ich saß neben Norma am Frühstückstisch und hörte den Geräuschen zu, die der Speck in den Mündern machte. Eine Frau schlief mit ihrem Speck in der Hand. Norma zog ihr den Speck zwischen den Fingern heraus, steckte ihn sich in den Mund und zwinkerte mir beim Kauen zu.

Ich legte mein Brot weg, und ich sagte: »Norma, bringst du mich nach Hause?« Ein schwarzer Vogel hüpfte auf den Tisch und pickte nach Ritas Krümeln. Sie scheuchte ihn nicht weg, sie redete mit einem Freund, den man nicht sehen konnte. »Was für ein Mann du bist! Was für ein Bild von einem Mann!«

Norma drehte sich zu mir um. »Was?«, fragte sie. Ich konnte sehen, wie der Speck in ihrem Mund Purzelbäume schlug.

»Ich will nach Hause.«

»Ich kann dich nicht nach Hause bringen.«

Schwester Clegg schüttete den rosa Saft in unsere Tassen. »Bring mich nach Hause, Norma«, sagte ich, als Schwester Clegg an meiner Tasse vorbei war.

»Red keinen Unsinn.«

»Ich will heim.«

»Daheim wollen sie dich nicht mehr.« Norma schleckte sich das Speckfett von den Fingern. »Vergiss daheim.«

»Bring mich heim.«

»Wenn die daheim dich noch haben wollten, wärst du nicht hier.«

»Für eine Nacht bloß«, sagte ich.

»Wozu denn?«

»Eine Nacht.«

Norma schüttelte den Kopf. »So ein Unfug.«

»Eine Nacht«, sagte ich noch einmal.

»Ich hab's gehört«, sagte sie, also war ich still. Norma hatte mich gehört.

Ich war im Spielezimmer-ohne-Spiele und malte mit geschlossenen Augen Bilder, als Pebblinghaus zu mir kam. Ihre Metallhaare glänzten wie frischgeputzte Gabeln. »Hester, du wirst in den Schlafsaal übersiedeln. Es gibt keinen Grund mehr, dich nachts zu isolieren. Schwester Clegg zeigt dir heute Abend dein neues Bett. Ich bin sicher, der Übergang wird glatt verlaufen.«

»Gut«, flüsterte Löffel.

Norma fragte: »Was wollte sie von dir?«

»Bring mich heim – für eine einzige Nacht.«

»Nicht schon wieder.« Norma ging an die andere Wand und lehnte sich dagegen, einen Fuß hochgezogen. Ich beobachtete sie, und ich wartete. Ich schickte ihr durch die Schnur Bilder: ich und Norma auf dem Meer, ich und Norma im Wald, ich und Norma, wie sie mich für eine Nacht heimbrachte.

Schwester Clegg zeigte mir mein neues Bett. Es stand in einer Reihe mit lauter anderen Betten, jedes mit dem länglichen Huppel einer schlafenden Frau darin. Die Huppel hoben und senkten sich wie Wellen in einem Meer aus Schlaf. »Rein mit dir«, sagte Schwester Clegg. »Schön ruhig.« Ich stieg in das Bett und legte mich auf den Rücken, die Decke eng um die Brust gezogen. Schlafmusik hüllte mich von allen Seiten ein. Ich hörte Dudelsäcke, Trompeten, Trillerpfeifen. Der Schlaf sog mich tief ins dunkle Meer, ein Fischgesicht schwamm ganz dicht an meines, und dann fing Norma zu reden an und zog mich wieder an die Oberfläche. »Geh weg«, sagte ihre Stimme, »bitte, *geh weg*!« Ich roch Speck, der zu lange gebrutzelt hat, und Wischwasser. Der Teufel pirschte sich an. »Nein, nein, geh weg, bitte!«, sagte Normas Stimme. Ich stieß meine Decke zurück, und so leise wie Katze beim Mäusejagen schlich ich zu Normas Bett und war schneller da als er. »Ich bin's, Hester«, flüsterte ich.

»Hester, Hester.« Norma klammerte sich an mich. Ich schaute dem Teufel ins Gesicht; er hatte schwarze Hände wie in meiner Bilderbibel, wo Jesus vor dem Turm steht. Seine Ohren waren harte Stöcke. Er hatte Hunger auf Norma. »Nein«, sagte ich zu ihm. Er zeigte mir die Zähne. »Nein.« Er schüttelte den Kopf, seine Augen funkelten weiß. »Nein«, sagte ich noch einmal. Er zerkratzte die Luft vor meinem Gesicht und knurrte leise. »Nein«, sagte ich. Er sah mich an, den Kopf schiefgelegt. »Hau ab«, flüsterte ich. Der Teufel blinzelte zweimal, dann drehte er sich um und verzog sich.

»Nur du kannst mich retten.« Norma wollte gar nicht mehr loslassen.

»Bring mich für eine Nacht heim, bitte«, sagte ich, dann schlich ich so leise wie Katze beim Mäusejagen zurück in mein Bett.

Als ich das nächste Mal aufwachte, lag mein Kopfkissen voll trockener Blätter, sogar auf meiner Backe lag eins. Ich rieb mir die Augen. Baum kam mich besuchen. An seinen Ästen hingen meine Freunde, an Stricken, die um ihre Hälse geknotet waren. Kochlöffel und Besen waren da, Axt, Türknauf und Bleistift. Sie drehten sich ganz langsam in dem leichten Luftzug. »Komm zurück«, riefen sie. »Komm nach Hause.«

Norma und ich sahen aus dem Fenster, jede von ihrem Stuhl. Wolken zogen, deckten die Sonne auf, deckten sie zu. Unsere beiden Rauchfäden ringelten sich von unseren Mündern in die Höhe und flochten sich umeinander. Normas Schmetterling klappte seine Flügel auf und wieder zu, im gleichen Takt, in dem die Sonne kam und ging. »Bring mich heim.«

»Nein.«

»Bitte bring mich heim.«

»Die wollen dich nicht, sie schicken dich postwendend zurück.«

»Bitte bring mich heim.«

»Wie stellst du dir das denn vor?«

»Bring mich heim.«

»Wofür?«

»Eine Nacht.«

»Was meinst du damit, *eine Nacht*?«

»Heim für eine Nacht.«

»Und wie soll das gehen?«

»Du kannst mich heimbringen.«

»Aber wie denn?«

»Du kannst es.«

»Was willst du denn machen in nur einer Nacht?«

»Heimgehen.«

»Aber *wozu*?«

»Nur eine Nacht.«

»Was soll dir eine Nacht denn bringen, Hester? Was kannst du in einer Nacht finden?«

»Meinen Wunsch.«

»Nämlich welchen?«

»Heimgehen.«

»Aber ...«

»Ich finde ihn schon.«

»Was findest du?«

»Meinen Wunsch.«

»Wird irgendwer wissen, dass du da bist?«

»Nein.«

»Wie willst du dann reinkommen und deinen Wunsch finden?«

»Mit dem versteckten Schlüssel.«

»O Gott, Hester.«

»Still wie eine Maus.«

»Nach was willst du suchen?«

Ein schwarzer Vogel zog einen Kreis um Normas Kopf. Er krächzte hungrig. »Bring mich heim.« Das war mein letztes Wort.

Es war Nacht, und Norma kam an mein Bett. »Lass mich rein«, flüsterte sie. Ich hob die Decke hoch, und Norma schlüpfte herein. »Sollen sie mich ruhig erwischen«, sagte sie. »Du wirst sogar mit dem Teufel fertig.« Sie rutschte dicht an mich heran, unser Atem vermischte sich und wärmte das Bett. Norma wälzte sich auf den Rücken und erzählte mir, was ein Wasserfall ist. Du stehst darunter, sagte sie, auf glatten grauen Steinen, und das Wasser rauscht auf deinen Kopf herab und hört nicht auf, es fließt und fließt immer weiter. Es fließt über dein Haar und drückt es von deinem Gesicht weg. Es spritzt dir in die Augen, und wenn du sie aufmachst, siehst du alles zum ersten Mal, und es funkelt und blitzt vor Neuheit. Das Wasser rauscht dir über Brust und Arme und Rücken und Beine, und alle deine alte Haut wird fortgespült über die Steine, und darunter kommt eine neue Haut hervor. Sie ist rosa und sauber, weil noch niemand sie berührt hat oder sie belogen oder sich an ihr vergriffen hat. Die alte Haut wird in ein Felsbecken gespült, wo sie auf den Grund sinkt und zu Kieseln wird, und die Kiesel bilden einen runden Boden für das Wasser aus dem Wasserfall. Als kleines Mädchen war sie mal an einem Wasserfall, sagte sie. Harrison war dabei, sagte sie. »In allen meinen schönsten Erinnerungen ist mein Bruder dabei.«

Ihre Flüsterstimme im Dunkeln ließ über unserem Kopf Wasserfallbilder leuchten. Wir waren lange still, während das Wasser auf uns niederrauschte. Ich war fast schon eingeschlafen, da fragte ich sie: »Was ist ein Bruder?«

»Ein Bruder ist vom selben Blut wie du.«

»Bin ich dein Bruder?«, fragte ich sie.

»Nein, Dummchen.« Sie schob ihren Arm über mich. »Du bist meine Schwester.«

»Bringst du mich heim?«, sagte ich, aber darauf gab Norma keine Antwort.

Wir schliefen, und am Morgen weckte uns ein Blauschuh auf und sagte: »Himmelherrgott, ihr zwei.«

Meine Freunde riefen immerzu nach mir, und aus jeder Stimme hörte ich Tränen heraus. Besen sagte mir, dass er nicht mehr fegen konnte; der Staub flog unter ihm weg und blieb nicht auf seinem

Haufen. Kochlöffel sagte, er hätte nicht mehr die Kraft, das Fleisch umzurühren. Axt klagte, dass das Holz nicht still hielt, wenn sie es hacken wollte, sondern vom Block sprang. Knauf war steif und konnte sich nicht mehr drehen, und Hintertür ging nicht auf. Tisch hatte weiche Knie. Baum weinte. Er sagte: »Komm heim, Norma soll dir helfen, frag Norma.«

»Aber Norma hat nein gesagt«, sagte ich ihm.

»Frag sie noch mal«, sagte Baum und weinte weiter.

Ich lief zu Normas Bett. »Norma?«, flüsterte ich.

Sie wachte auf. »Was ist?«

»Norma, hilfst du mir?« Jesus hat den Hungrigen geholfen. Er sprach: *Maria, ich vergebe dir*, und Maria und Jesus standen zusammen unter dem Wasserfall. Er gab ihr die Freiheit, er führte die Menschen aus der Knechtschaft, er half allen, die ans Kreuz geschlagen waren, herunterzusteigen. Er speiste sie in der Wüste mit einer Orange. In der Bilderbibel war die Wüste gelb, mit einem Kamel darin und sonst nichts. Die Sonne brannte am Himmel, und Jesus verwandelte die Wüste mit einem grünen Blatt ins Paradies.

»Was?«

»Hilf mir.« Baum nahm meinen Mund, um aus ihm herauszuweinen.

»Pscht. Nicht weinen, Hester, was ist denn?«

»Hilf mir«, weinte Baum zu meinem Mund heraus.

»Ich will dir doch helfen. Bitte hör auf zu weinen.«

»Hilf mir.«

»Ich will ja. Hör mit dem Weinen auf, sonst hören dich die Blauschuhe, und du kommst in die Isolation.«

»Bitte bitte hilf mir.« Baums langes Wimmern kam aus meinem Mund.

»Was soll ich denn tun?«

»Bring mich heim.«

»Hester ...«

»Du kannst es.«

»Aber …«

»Du musst. Du kannst es.«

»Aber …«

»Bitte.«

»Ich weiß doch nicht, wie.«

»Du kannst es.«

»Also gut, ich versuch dich irgendwie heimzubringen. Jetzt sei still.« Baum hörte zu weinen auf und ging wieder im Garten schlafen. Graue Luft, die tief drinnen in mir eingesperrt saß, seit ich die Cott Road Eins verlassen hatte, pustete durch Nase und Mund aus mir heraus.

Ich sagte meinen Freunden, ich komme. Sie sagten: »Aber kommst du wirklich? Ganz wirklich? Wann kommst du? Wenn du wirklich kommst, *wann, wann, wann*?«

»Ich weiß nicht, wann.«

Axt kreiselte auf ihrem Blatt. »*Weiß nicht* reicht uns nicht!«

»*Weiß nicht* ist gar nichts«, sagte Kochlöffel und sprang vom Küchenbord. Kürbis spritzte an die Wände.

»Wir müssen genau wissen, wann. Wann kommst du? Wann?«

»Wenn ich es doch nicht weiß!«

»Frag Norma«, sagte Baum leise. Meine Freunde füllten alles aus. Kein Bissen ging mehr in mich hinein. Ich brachte die Augen nicht zu; sie mussten sperrangelweit aufgerissen sein, damit meine Freunde Platz hatten.

»Norma, wann?«, fragte ich sie draußen im Hof.

»Das ist doch verrückt«, sagte sie.

»Wann?«

»Es ist bescheuert.«

»Aber du hast ja gesagt.«

»Doch bloß, damit du Ruhe gibst. Ich musste ja sagen, aber es ist bescheuert. Was willst du denn daheim?«

Ich kotzte ihr vor die Füße. Ich hielt mir die Ohren zu, während Türknauf schrie: »Ich war dein erster Freund, vor Mary, vor

Mog, vor Norma mit K, und jetzt kommst du nicht! Verräterin!« Türknauf fing an zu weinen. Ich saß im Spielezimmer-ohne-Spiele. Eine Frau in der Ecke schlug ihren Kopf gegen die Wand. Auf dem Kopf saß ein Helm. Ich sah ihn aufschlagen, aber ich hörte nichts, meine Freunde aus der Cott Road Eins waren zu laut. Schwester Clegg und die Blauschuhe bewegten ihre Münder; sie schauten mich an und wedelten mit den Armen durch die Luft. Ich hörte sie nicht, ich wusste nicht, was sie wollten. Ein Blauschuh schubste mich in den Rücken. Der Fluss von Blut trat über die Ufer, er spritzte mir zu den Fingern heraus, die um einen Blauschuhhals lagen. Eine Nadel bohrte sich in mich, und ich wachte in der Isolation wieder auf. Kein Uhrengesicht hing an der Wand, keine Zeiger drehten ihre Runden darauf, sodass ich zählen konnte. Ich lag im Bett und zählte nichts. Lag ich einen Tag so? Nur ein einziges Uhrenticken? Achtzehn Jahre? Blauschuhe kamen ins Zimmer. Sie schnallten mich mit braunen Riemen am Bett fest, und dann rieb einer Öl auf beide Seiten von meinem Kopf und stach mir eine Nadel ins Gebein. Wolken quollen durch ein kleines Fenster am Himmel und füllten das Zimmer vom Boden bis zur Decke. Ein anderer Blauschuh schloss Drähte an meinen Kopf an, an den Stellen mit dem Öl. Ein Mann stand neben einem Kasten. »Wir können«, sagte er. Die Welt flammte auf, mein ganzer Körper wurde steif. Dann wurde alles schwarz. Ende.

Als ich herauskam, hüllten Wolkendecken mich ein. Ich konnte die Hand durch sie hindurchstrecken, aber niemand konnte hereinlangen und mich berühren. Ein Blauschuh setzte mich auf einen Stuhl. Um mich herum bewegten sich die Frauen. Norma kam zu mir herüber; sie nahm meine Hand, aber durch die Wolkendecke konnte ich es nicht spüren – ich sah es nur.

»Hester, es tut mir leid. Kannst du mir verzeihen?« Ich schaute zum Fenster hinaus. Aus dem Gesicht der Sonne stachen Zeiger, wie die Zeiger an einem Uhrenblatt. Ich folgte den Zeigern mit den Blicken. Sie stachen zum Fenster herein, über mein Bein.

»Hester, sag was. Ich habe mein Versprechen gebrochen, und es tut mir leid. Sag was.« In Normas Auge stand Wasser. Hinter dem Wasser, hinter dem Auge wartete Mary.

»Was ist mit dir passiert? Wo bist du?« Das Licht strich an meinem Fuß vorbei über mein Knie. Es war der Zeiger der Sonnenuhr, er zählte die Zeit, die aus der Ewigkeit floss. »Hester. Es ist schrecklich ohne dich. Es tut mir leid. Ich bring dich nach Hause. Ich tue alles, damit du nach Hause kommst, wenn du dir das so sehr wünschst.« Die Sonne fiel mir mitten ins Gesicht.

Kochlöffel hob seine Zehen und tanzte um die Schüssel: »Ja! Ja! Ja!« Axt hüpfte und kreiselte auf ihrem glänzend-scharfen Blatt: »Tschuk! Tschuk! Tschuk!« Besen lachte sich über den staubigen Boden. »Swisch! Swisch! Swisch!«

Ich drehte mich zu Norma hin. »Danke.«

»Bald kommt Harrison wieder«, sagte sie. »Ich frage ihn, ob er uns hilft.« Sie nahm meine Hand: ein warmes Gefühl. Es verband mich mit der lebendigen Norma. »Welchen Blauschuh ich dafür wohl ficken muss?« Sie grinste mir zu und zwinkerte. Ich konnte ihre Zahnlücke sehen.

Es war Montag, bald war es Zeit für Harrisons Besuch. Norma und ich gingen Fuß an Fuß um den Hof. »Ich sage Harrison, er soll uns ein Auto hinstellen. Sonntagnacht sind hier nur die Blauschuhe. Schwester Clegg hat frei, da machen wir es, nächsten Sonntag. Mill Park, oder? Ich muss schauen, dass ich uns irgendwo auf der Hinterseite rausschleuse. Zur Küche raus und durch das Kabuff mit den Mülltonnen.« Draußen hinter dem Zaun verschwand wieder ein Wagen die Straße entlang. »Sie dürfen uns auf gar keinen Fall erwischen. Ich will in Renton bleiben. Ich bin nirgends sonst sicher, nur hier – also wehe, es geht etwas schief.«

»Nein.«

»Wenn es danebengeht – wenn sie mich rausschmeißen –, dann bring ich mich um. Und wenn sie dich rausschmeißen, auch.«

»Es geht nicht daneben.«

Norma fasste meine Hand, fest. »Ich bin froh, dass ich dir helfe«, sagte sie.

»Ja.«

Sie ließ meine Hand los. »Ich muss einen Blauschuh ficken, um an den Küchenschlüssel zu kommen. Ich klaue ihn von ihm.« Norma kratzte an den kleinen Straßen, die in ihre Arme geschnitten waren, und riss fünf Häuser und eine Schule ab. Sie schaute auf die andere Hofseite, wo ein großer Blauschuh mit einer Schlange am Arm eine Prügelei zwischen Mrs. D. und Annie beendete. Norma wusste, dass in seiner Hose ein Baum wohnte, ein Baum, an dessen Ästen Schlüssel wuchsen. »Schon blöd, dass du so wild darauf bist. Diese Blauschuhe stinken!« Sie schnaubte, und ich hörte das Lachen von Mary.

Auf einmal redeten meine Freunde so laut, dass Normas Stimme nicht mehr bis zu mir drang. Ich sah, wie ihr Mund sich bewegte, aber alles, was ich hören konnte, waren Tisch, Axt, Katze, Baum, Kochlöffel und Türknauf, die mich riefen: »Hester! Hester!«

»Ich komme«, wollte ich sie beruhigen. »Ich komme.« Aber ich musste es flüstern, weil ich nicht wollte, dass die Blauschuhe mir ihre Nadeln ins Gebein bohrten oder dass Pebblinghaus mich wieder in die Isolation steckte, wo ich nachts Normas Atmen nicht hörte.

»Ist ja gut, Hester. Ist ja gut. Wir fahren. Ich bring dich hin. Jetzt vergiss es mal kurz und schau her.« Sie öffnete die Hand und zeigte mir einen roten Käfer mit schwarzen Punkten. »Besuch von draußen. Käfermarie ist einen weiten Weg geflogen, extra um bei uns zu sein.« Sie drehte die Hand um, und wir sahen Käfermarie zu, wie sie um Normas Hand herumkrabbelte, ein Stück Normas Arm hinauf, durch die Straßen des Städtchens an Normas Handgelenk. Dann breitete Käfermarie die Flügel aus und flog hinaus aus dem Städtchen und durch das Zaungitter fort. Norma hob beide Arme. »Flieg«, sagte sie, »flieg.« Ich hob die Arme und flog hinter Norma her, dreimal um den Zaun herum.

Während Harrison bei Norma war, malte ich ohne Farbe ein Bild von Norma, Harrison und mir auf den Kloboden. Wir waren unter Wasser. Wir hatten ein Haus in der Ewigkeit. Harvey war bei uns; er hatte Flügel und eine Rückenflosse, und als der Teufel angeschlichen kam, schnappte er nach ihm.

Acht Zeigerrunden zählte ich auf dem Zifferblatt, bis Norma aus dem Besuchsraum zurückkam. Ihr Gesicht war weiß mit einem grauen Schatten. Ein Blauschuh schickte uns zum Abendessen. »Bleib ganz nah bei mir«, sagte Norma, als wir hinübergingen. »Ich kann ihn schon spüren.«

Ich blieb nah bei ihr. Ich roch seinen Geruch – saure Milch und Katzenknochen. Ich schickte ein Bild durch die Schnur: ein Kreis um Norma. In dem Kreis waren Harrison, Harvey und ich. Um uns rankte sich eine Girlande aus grünem Laub und blauen Trauben. Als die schwarzschuppige Hand des Teufels hinter einer Ecke hervorkam, sagte ich: »Hau ab.«

Norma ließ ihre Hand das ganze Essen über auf meinem Knie. Die Hand zitterte. Sie aß nur ein Stück Brot, und sie trank ihren rosa Tee, und sie trank meinen rosa Tee. Sie redete nicht. Sie lag schon schlafend im Bett, als die Lichter ausgingen. Von meinem Bett aus lauschte ich, wie die Luft mühsam zu ihrem Mund hineinging und zischelnd wieder herauskam. Ich blieb wach, um zu schauen, ob der Teufel anrückte. Manchmal roch ich ihn, und dann passte ich noch schärfer auf.

Es war morgens im Rauchzimmer. »Der Teufel ist die ganze Nacht nicht gekommen.« Norma blies Rauch aus.

»Nein«, sagte ich. »Heute Nacht nicht.«

»Wie soll ich ohne dich leben?« Norma lächelte und saugte. »Mein Bruder stellt uns in fünf Nächten ein Auto hin. Er hat keine Fragen gestellt. Da ist er wie ich; ich stelle auch nicht groß Fragen. Aber erst muss ich noch einem Blauschuh den Schlüssel abnehmen. Ohne Schlüssel wird es nichts.«

»Bring mich heim!«

»Ich bring dich ja heim.«

»Ich will heim.«

»Du wirst nicht lang dortbleiben können. Das ist dir klar, oder? Reicht dir die Zeit denn überhaupt?«

»Für was?«

Norma sah mich an. »Was weiß ich. Um zu finden, was du suchst.«

Mit Alice Plows Pinsel malte ich Norma ein Zahnpasta-Bild, als die Blauschuhe nicht hinschauten, am Fußbrett von Normas Bett. Ich malte Katze, Norma und mich in einem Haus aus Bleistiften und Pinseln. Käfermarie war unser Wagen, und sie brachte uns zurück in die Cott Road Eins.

Norma und ich badeten mit den anderen im Schwimmbad. Der große Blauschuh mit der Schlange am Arm stand am Rand und hatte ein Auge auf die nassen Frauen. Norma stieg aus dem Becken und ging zu ihm. Sie stellte sich dicht vor ihn, und das Wasser lief ihr an den Beinen herunter und übers Gesicht. Sie tippte ihm auf die Brust und lachte, als hätten sie und der Blauschuh ein Geheimnis miteinander. Er lachte auch, als ob es ein Geheimnis wäre, wie er es gern hatte. Als Norma wieder ins Wasser stieg, blinzelte sie mir zu. »Wie lange kannst du die Luft anhalten?«, fragte sie und tauchte unter.

Alice Plow war wieder in Renton. Pebblinghaus kam in das Spielezimmer-ohne-Spiele. Das Glas an ihren Fingern glitzerte. »Und was haben Sie heute mit ihnen vor, Alice?«

»Ich wollte es noch Mal mit Malen probieren.« Alice sah Pebblinghaus nicht an. Sie sah zu den Frauen hin, die um die großen Tische saßen.

»Malen? Das hat beim letzten Mal recht interessante Ergebnisse gebracht.«

»Nicht ganz die Ergebnisse, die wir erhofft hatten, aber vielleicht haben wir heute ja mehr Glück.«

»Glück ist nicht unbedingt ein Wort, das ich mit Renton assoziieren würde, Alice – aber Sie sind der Boss.«

Alice Plow sah allen den Frauen an den Tischen in die Augen, und in meine Augen sah sie auch. »Diesmal frage ich Sie einfach ganz direkt – wer von Ihnen hätte Lust, etwas zu malen?« Sie hielt lauter Pinsel in der Hand. Sogar die Frauen, die immer mit Freunden redeten, die keiner sehen konnte, wurden still. »Niemand? Es könnte Ihnen Spaß machen.« Im Zimmer war es ruhig, sehr ruhig. Niemand wollte eine Nadel ins Gebein gebohrt bekommen. »Hat – hat eine von Ihnen vielleicht Lust zu malen? Ich will bestimmt niemanden zwingen, aber ich glaube wirklich, dass es einigen von Ihnen Spaß machen könnte.« Das einzige Geräusch war der Fernseher, der uns befahl, Käse zu essen und den Haushalt zu versichern. »Gar niemand?« Sie streckte die Hand mit den Pinseln aus. Pebblinghaus schaute zu. Meine Arme, Beine, Füße, Hals, Kopf, mein ganzer Körper reckte sich der Hand mit den Pinseln entgegen. Alice Plow machte ein frohes Gesicht. »Haben Sie Lust zu malen?«, fragte sie mich. Pebblinghaus schüttelte den Kopf, aber Alice Plow drückte mir schon einen Pinsel in die Hand. »Jetzt brauchen Sie nur noch Farbe ...« Sie hielt drei Flaschen hoch – Rot, Gelb, Weiß. Blut, die Sonne und ein Ei. Alice Plow schüttelte die Flaschen. »Welche möchten Sie?« Ich zeigte auf das Ei. Alice Plow goss glänzend-nasses Weiß in eine Schale, dann breitete sie braunes Papier aus. »Tauchen Sie den Pinsel in die Farbe«, sagte Alice Plow. Das war nicht nötig; ich war schon dabei.

Ich malte ein weißes Ei, dann malte ich in das Ei hinein mich und Norma. Mein Ei füllte das ganze Papier aus. Alice Plow sah es an, und sie lächelte. Dann sah sie Pebblinghaus an, zeigte auf das Ei und sagte: »Ursprünge.«

Jede Nacht lag ich im Bett und bog einen Finger mehr um. Jeden Tag sagte Norma zu mir: »Du hältst mir den Teufel vom Leib. Du hast etwas gut bei mir, deshalb mache ich das.« Meine Freunde aus der Cott Road Eins riefen und riefen. Die schwarzen Vögel kreisten Tag und Nacht über Renton und warteten, dass ich redete. Ich machte nur bei Norma den Mund auf.

Als ich beim Daumen angelangt war, kam sie im Dunkeln an mein Bett. »In einer Stunde komme ich mit dem Schlüssel. Heute Nacht ist es so weit. Das Auto wartet auf uns.« Ich hörte Jesus in ihr seine Trommel schlagen, *wumm wumm wumm*, und dann schlug er die Trommel auch in mir, sodass ich nicht mehr wusste, was Normas Trommel war und was meine. »Drück mir die Daumen«, sagte sie, und dann war sie weg. Ich lag mit weit offenen Augen im Bett. Baum, Kochlöffel und Türknauf gaben Ruhe; sie wussten, ich würde kommen. Durch die Schnur sandte ich ein Bild von Norma und mir in dem Ei bis zur Schwesternstation, wo Norma einen Schlüssel von einem Ast pflücken musste, der in der Hose von Blauschuh wuchs.

Ich zählte die Schläge meiner Trommel, und als mir die Zahlen ausgingen, kam Norma wieder; sie roch nach heißer Haut und nach Klo. »Beeil dich, Hester. Steh auf und komm mit.« Sie nahm mich bei der Hand und führte mich zwischen den Bettenreihen hindurch.

Annie wurde wach. »Wo geht ihr hin?«, rief sie und setzte sich im Bett auf.

»Sei ruhig und schlaf.« Norma zog mich weiter, vorbei an den schlafenden Frauen. Sie öffnete die Tür am Ende der Bettenreihen mit ihrem Schlüssel, und wir liefen mit schnellen Schritten durch den Gang. Das Licht brannte hell, aber Blauschuhe sahen wir keine, und Schwester Clegg legte zu Hause die Füße hoch. Am Ende des Gangs ging es um eine Ecke und dann durch noch eine Tür. Ich hörte ein Klappern von Eisen und Holz und die Stimmen von Frauen in dem versteckten Hängeraum. Sie kamen von irgendwo über unseren Köpfen. »Nicht langsamer werden, Hester.« Norma zog an meiner Hand, und aus unserem Laufen wurde Rennen. Knauf rief nach mir, und durch seine Stimme hindurch ahnte ich die von Hintertür. »Komm zu uns, Hester, komm zu uns.« Ich hörte sie, während ich durch die Gänge rannte und über die glänzenden Böden von Renton, meine Hand fest in der Hand von Norma, meiner Freundin. Wir rannten an Fenstern in Türen vorbei, und die Fenster in den Türen rannten an uns vorbei, nur rannten sie rückwärts ins *Bisher*, und ich und Norma rannten ins *Ab-Jetzt*.

Wir bogen in einen Gang, der zur Küchentür führte. Norma sperrte mit einem anderen Schlüssel auf. »Hier durch, schnell.« Die Küche war dunkel innen drin und roch nach altem Bratfett und Koteletts. Wir mussten mit den Händen herumtasten. Norma lief gegen eine Bank, und dann lief ich auch dagegen. Harte Bleche schepperten zu Boden. Norma und ich standen in der Mitte, während das Scheppern an die Wände prallte und noch lauter zurückkam. Wenn der Fluss von Blut, der in mir floss, hervorbrach, dann würde es nichts geben, das ihn aufhielt, keinen Ozean, der ihn auffangen konnte. Er würde sich über die Welt ergießen, und alle Menschen und Tiere würden darin ertrinken, wie in dem großen Sturm, den Gott schickte. Noah war der Einzige, der davonkam. Er packte eine Giraffe, seine Frau und ein Pferd ein, und nur er schaffte es. Er schaffte es – er durfte die Welt neu beginnen, er durfte den neuen Weizen und die neue Spreu säen und Söhne zeugen und wieder zur Sonne hochschauen, und alles fing mit ihm an, mit dem einen, der davonkam. Ehe Noah kam, war das Wasser tief und dunkel in den Zeiten der Not. Ich schluckte und wickelte meine Arme fest um mich. Die Küche wurde wieder still; ich hörte nur Normas lautes Atmen.

»Vorsicht«, flüsterte sie. »Wir müssen vorsichtig sein. Komm weiter.« Sie fand die Tür an der hinteren Küchenwand. »Bitte mach, dass er passt.« Sie probierte die Schlüssel. Ich hörte sie in ihren Händen beben und dann zu Boden krachen. »O Gott, Scheiße.« Norma kroch auf den Knien herum und tastete danach. »Ich find sie nicht.« Sie kroch ein Stück weiter. »Ich find sie nicht, Hester. O Gott, wo sind sie?«

Ich kniete mich auch hin. Ich schob meine Hände unter dem Regal hin und her, und da lagen sie, kalt und bange. Ich gab sie ihr. »Da, Norma.«

»Gott sei Dank«, sagte sie und nahm sie. Sie versuchte es wieder, aber die Tür sagte *nein*. »Der war schon mal falsch, dann bleibt nur noch der ...« Sie probierte einen anderen Schlüssel. *Ja*, rief Tür. »Jetzt die Treppe runter, und dann noch die letzte Tür.« Wir stiegen ein paar Stufen hinunter, und ich hörte den Hängeraumtisch. »Gleich haben wir's«, sagte sie. Es war keine Zeit, zurückzusehen und mit Tisch zu reden. Wenn ich und Norma zurücksahen, würden wir so hart und salzig werden wie Lots Weib auf dem Felsen und nicht mehr vor- oder zurückkönnen, sondern nur hinter uns schauen nach all den anderen Normas und Hesters, die niemals kommen würden.

Norma sperrte die letzte Tür auf, es roch beißend nach Müll, und dann standen wir draußen im verbotenen Freien. Ich sah hinauf in die Ewigkeit, zu der Sack meine Bilder hochgeschickt hatte – verlorene Papiervögel flatterten um die Sterne und suchten nach mir. Ich sah ihnen zu, wie sie kreisten. Ein Hakenmond hing in der Schwärze. Ich wollte durch den Flaschenhals davonsegeln zu dem Ort, wo Gottvogel wartete, sein weicher Flügel ausgespannt, die Augen glänzend.

»Komm, Hester, wir müssen uns beeilen.« Norma zog mich eine kleine Straße zwischen Mauern entlang. »Er hat gesagt, er stellt das Auto im Torweg ab ... gleich da vorne ...« Häuser beugten sich über Norma und mich, und ganz oben, zwischen ihnen, winkte die Ewigkeit. Ein weißer Wagen wartete in der schmalen Straße. Norma strich mit der Hand über sein Dach. »Steig ein«, sagte sie und öffnete die Tür auf der Seite, wo das Rad zum Lenken war. Ich öffnete die Tür hinter ihr. »Was machst du da, Hester? Steig drüben ein, neben mir.« Ich machte, was Norma sagte, und setzte mich neben sie. »Der Schlüssel müsste unter der Matte liegen ...« Norma langte hinunter zu ihren Füßen. »Hab ihn.« Sie steckte den Schlüssel in einen Schlitz unter dem Rad, und der Wagen rumpelte auf die gleiche Art wie Stiefels. »So weit, so gut.« Norma wandte sich zu mir. »Bist du bereit?«

»Ich bin bereit«, sagte ich. Um meine Worte ringelte sich Dampf. Ein schwarzer Vogel flog gegen Normas Fenster, als ich es sagte. Norma drehte am Rad, und der Wagen bog auf die Straße.

Zwei Lichter vorne am Wagen beschienen winzige Messer aus Wasser, die aus dem schwarzen Himmel fielen. Auf beiden Seiten standen Bäume wie große Wächter und schwenkten ihr silbernes Laub. Die Straße verschwand unter uns. Ich schaute nach hinten, in die Dunkelheit, aber die Straße war weg, von den Rädern verschlungen. Schwarze Vögel schnitten durch die Wagenlichter. Kälte kam vom Fenster und setzte sich auf meine Nase, meine Knie, meine Haare, aber in mir drin, da wo Jesus die Trommel schlug, war mir heiß.

»Jetzt weiß ich immer noch nicht, was du finden willst, Hester. Sagst du's mir?« Ich sagte nichts, weil ich nicht wusste, was sie von mir hören wollte. »Was willst du finden?« Normas Frage strich in der warmen Wagendunkelheit herum und suchte eine Antwort, aber die Antwort war ein Geheimnis, das keiner kannte, so tief drinnen war sie versteckt. Die Frage wurde durch den Spalt oben am Fenster gesaugt und verschwand wie die Straße unter den Rädern.

Wir fuhren lange, ohne zu reden. Das einzige Geräusch war das leise Brummen des Wagens. Dann kam Normas Stimme, mit Tränen durchmischt, so wie Milch durch den Teig sickert, wenn man Brot backt. Sie ließ ihre Hände am Lenkrad beim Reden und die Augen auf der Straße. »Mein Bruder ist der einzige Mensch, den ich jemals lieb hatte. Er hatte kurze Beine und Apfelhändchen, und wenn wir auf dem Weg heim vom Laden durch die Koppel gelaufen sind, ist er auf meinem Rücken geritten und hat mir Lutscher in den Mund gesteckt. Er hat von hinten vorgelangt und mir Gummibären gefüttert, die dunkelroten, weil er wusste, dass das meine liebsten sind. *Einen für Norma*, hat er gesagt. Ich hab ihn angezogen, und nachts hat er neben mir geschlafen, und sogar im Winter war das Bett durch ihn warm. Auf der ganzen Welt hatte ich nur ihn lieb – nicht meine Mutter, keinen Hund, keine Sachen von mir, irgendein Kleid oder eine Puppe oder sonst irgendeine Lieblingssache … Eine Großmutter. Meine Großmutter hab ich einmal gesehen. Sie war mir unheimlich. Ihre Zähne waren braun, und sie sagte: *warum du?* Meinen Vater hatte ich auch nicht lieb; wenn er daheim war, war seine Tür immer zu. Meine Mutter hat das Essen auf einem Tablett zu ihm reingebracht. Wenn sie in das Zimmer gegangen ist, hat sie gelächelt, wenn sie wieder herauskam, hat sie geweint. Nie war für irgendwas Geld da. Eines Tages hat mein Vater einen Mann mit nach Hause gebracht. Er hat zu dem Mann gesagt: ›Erst bezahlen.‹ Der Mann wollte meinen Bruder, aber ich hab gesagt: ›Nehmen Sie mich, nehmen Sie mich‹, weil mein Bruder das Einzige war, was ich lieb hatte. Der Mann hat mich genommen und umgestülpt, und alles, was vorher innen war, mein Blut und mein Herz und mein Hirn, war plötzlich auf der Außenseite. Ich hatte keine Haut mehr, die mich zusammenhält. Ich bin ausgelaufen. Ich habe eine Spur gemacht. Deshalb weiß der Teufel immer, wo er mich findet: er folgt der Spur.

Der Mann kam, sooft er wollte, und seine Freunde auch. Danach hatte ich Angst vor allem. Ich hab ganz normal gelebt, ich habe gearbeitet und in einem normalen Haus gewohnt, aber ich hatte immer Angst. Ich wollte am liebsten sterben.« Durch den dunklen Wagen sah sie mich an. »Nicht mal meine Zigaretten liebe ich – ich mag sie bloß.« Eine Weile fuhren wir schweigend, dann sagte Norma: »Ich meine, was für einen Sinn hat es, dass ich hier bin? Wer hat uns in die Welt gesetzt?« Normas Frage kräuselte sich um unsere Gesichter wie Rauch. In ziehenden Rauchringen stieg sie zur Decke hoch, breitete sich aus, wurde dünn und dünner, bis sie nicht mehr zu sehen war. Die Frage trieb in alle Winkel des Wagens, so dünn, dass sie zu den Fenstern hinauswehte, in den Himmel. Norma und ich waren ganz still – eingekapselt in die Frage, die sich über alles breitete: Schulen und Heime, Häuser und Gärten, Frauen und Väter und Blauschuhe und Großmütter, die auf dem Friedhof lagen. Dann schniefte Norma. »Aber jetzt hab ich keine Angst mehr. Mit dir traue ich mich überall hin.«

Wir wurden wieder still, und dann fing Norma leise zu singen an. »*Dance then, wherever you may be; I am the Lord of the dance, said he, and I'll lead you all wherever you may be, and I'll lead you all in the dance, said he.*« Ich hörte zu, und ein kleines Summen kam aus mir. Norma sang lauter. »*Dance, then, wherever you may be* … Sing mit, Hester!« Die Lücke zwischen ihren Zähnen war auch im Dunkeln zu sehen. »*I am the Lord of the Dance, said he.*« Ich musste an meine Lehrerin denken und an ihr Lächeln, das eine Brücke zum Darübergehen war. Ich musste an das Brennen von Stiefels Nachtbesuchen denken und an den Morgen, den man preisen muss. Ich versuchte zu singen, aber meine Stimme war hinter einer Tür eingesperrt. »Sing!«, sagte Norma. »Sing!«

Ich drückte gegen die Tür, »*Dance then* …«, aber sie klemmte fest.

»Komm schon, Hester. Ich weiß, dass du singen kannst. *I danced on a Friday when the sky turned black* … Sing mit! Sing!«

Ich öffnete den Mund, aber kein Ton kam.

»*It's hard to dance with the devil on your back!* Sing!«

Meine Lehrerin kam zu mir und zog die Tür auf. Der Ton flog heraus: »*They buried my body and they thought I'd gone, But I am the dance and I still go on.*«

Ich sang mit lauter Stimme, wie Norma. Sie drehte das Fenster herunter, und der kalte Wind und die Wassermesser wehten herein, und wir sangen laut unser Lied. »*They cut me down and I leapt up high, I am the life that'll never, never die, I'll live in you if you'll live in me; I am the Lord of the Dance, said he.*«

Als ich draußen in dem Schwarz Lichter sah, wurden wir still. »Kippe, Hester?« Norma gab mir die Schachtel, die in ihrem Hosenbund versteckt war. Ich holte zwei weiße Stöckchen aus der Schachtel, zündete beide mit Normas Feuerzeug an und gab eins Norma. Wir saugten den Rauch ein. Norma ließ das Fenster offen, und Wind blies unser Haar durcheinander, fuhr unter unsere grünen Anzüge und kühlte uns die Haut, während es in uns immer weiter brannte und die Trommeln immer weiter schlugen. Draußen über dem Wagen wölbte sich die Ewigkeit, riesig und schwarz mit winzigen weißen Löchlein; das waren die Münder von Tunneln, die auf die andere Seite führten, wo Gottvogel im Licht wohnte. Der Rauch von unseren Zigaretten wehte zum offenen Fenster hinaus, schlängelte sich hoch zu den Löchern und kroch durch die Tunnel. Gottvogel briet sich seine Würmer über unserem Rauch.

Norma bückte sich zu meinen Füßen und hob ein Buch auf. »Jetzt muss ich kurz nachschauen«, sagte sie. »Es kann nicht mehr weit sein.« Sie knipste ein kleines Licht über ihrem Kopf an und schlug das Buch auf. Dann beugte sie sich vor und starrte aus dem Fenster auf die Straßen, die von unserer abzweigten. »Wir sind fast da.«

Die Straßen und Häuser draußen erkannte ich aus der Zeit wieder, als ich zur Schule gegangen und mit dem Bus gefahren war. »Da ist deine Straße, Hester – die Cott Road.« Als wir in sie einbogen, taten mir die Arme vom Hängen weh, mein langgezogenes Ohr glühte, in meiner Mitte war ein Brennen, ein Baum wuchs durch mich, meine Knie hatten Kerben vom harten Boden, meine Hände kribbelten von heißem Eimerwasser. Ich war daheim.

»Halt an«, sagte ich zu Norma.

»Wo ist denn dein Haus?«

»Halt an.«

Norma hielt an. »Niemand da. Das ist gut. So viel unbebautes Land hier. Warum sind so viele Grundstücke leer?« Norma hatte lauter Fragen, aber ich wusste nicht, was für Antworten sie wollte. »Und, welches ist euer Haus?«

Ich deutete zum Ende der Straße.

»Okay.«

Ich legte die Hand an die Wagentür, um sie aufzumachen. Norma lehnte sich herüber und berührte mich an der Schulter. »Du weißt, dass du nicht viel Zeit hast. Das weißt du doch, oder? Wir müssen rechtzeitig zurück sein.«

»Ich weiß.«

»Und woher weißt du, wann du umkehren musst?«

»Das weiß ich dann schon.«

»Aber wie?«

»Ich zähle.«

»Was zählst du?«

»Das weiß ich dann schon.«

»Aber *wie* weißt du es?«

»Ich zähle die Zeit. Stiefel hat es mir auf der Uhr beigebracht.«

Norma sah mich an, als würde sie etwas abwägen. »Also gut. Ich warte hier auf dich.«

Ich stieß die Tür auf.

»Und du kommst zurück, Hester?«

»Ich komme zurück.«

»Bitte komm zurück. Wenn du nicht zurückkommst, weiß ich nicht, was ich tun soll. Versprich mir, dass du zurückkommst. Versprich es.«

»Ich komme zurück.« In der Schule hatte ich zu Mary gesagt, *Ich kenne dich nicht*, so wie Jesus' Freund mit der schwarzen Kapuze in der Bilderbibel, aber es war gelogen. »Ich komme zurück, Norma K.«

»Ehrenwort?«

»Ehrenwort.«

»Ich brauche dich.« Brauchen, was ist das? Norma weinte. Brauchen ist Wissen-Müssen, dass jemand wieder zurückkommt. Sie langte auf den Rücksitz und zog eine dunkle Decke nach vorn. »Nimm die mit, leg sie dir um. Es ist kalt draußen.« Ich wickelte die Decke um mich, und dann stand ich in der Cott Road. »Mach schnell«, sagte Norma durch das offene Fenster.

Über mir schlüpfte der Mond in dunkle Wolkenärmel. Regen fiel weich auf meinen Kopf. Ich sah hoch, und der Regen fiel mir in die Augen. Ich streckte die Zunge heraus und kostete.

Der Zeiger der Uhr drehte viele Kreise, während ich die Cott Road entlangging, näher und immer näher an die Nummer Eins heran, in der ich groß und stark geworden war, in der ich Blutblumen geblutet und Stiefel an die Wand geschubst hatte. Ich zog die Decke fest um mich, und sie verwandelte mich aus Hester in Schatten. Ich war ein wandelndes Geheimnis ohne Laut.

Nur eine Laterne brannte, und alles war still bis auf meine Freunde, die aus der Cott Road Eins nach mir riefen. »Ich komme«, sagte ich ihnen. »Ich komme.« Dunkle Baumäste zeigten mit ihren knorrigen Steckenfingern die Richtung. »Ich kenne den Weg«, sagte ich unter meiner Decke hervor. Es ging einen Hügel hinab, und unten, ohne andere Häuser rundum, nur mit Bäumen und Gras auf allen Seiten, wartete die Cott Road Eins.

»Ich bin da. Ich bin zu euch zurückgekommen, meine Freunde!« Ich wollte laut rufen und zum Haus hinrennen, aber ich hielt still, weil ich ein Geheimnis war, und Geheimnisse muss man bewahren. *Schritt Schritt Schritt*, näher und immer näher.

»Hester, bist du das? Bist du das? Bist du es wirklich?«, rief die Cott Road Eins. Graue Tränen von ihren blinzelnden Fensteraugen liefen die Mauern hinab. Ihr Türmund bog sich nach unten. »Wo hast du gesteckt?«, ächzte sie.

»Renton«, sagte ich. Alles an mir stach und brannte und juckte. Ich zog die Hand an dem Holzzaun entlang, und Zaun schoss mir zornig Splitter unter die Haut.

Die Cott Road Eins schnappte mit ihren Zaunzähnen. »Warum hast du uns verlassen?« Ich wusste die Antwort nicht. Was ist das, *warum*? Ist es, wenn Stiefel und Sack dich nach Renton bringen? Ist das *Warum* das, was du finden willst? Ist es der Grund, aus dem du zurückkommst? »Warum hast du uns verlassen? Warum musstest du weg?«

»Aber jetzt bin ich ja da, ich bin zu Hause, schscht.« Ich kam an das spitzige Tor am Ende des Zauns und stieß es weit auf. Das spitzige Tor quietschte vor Überraschung, als ich hindurchging. Ich nahm die Decke von meinen Schultern und hängte sie über den Zaun; ich war im Garten, und da war Baum. Ich lief zu ihm hin und legte die Backe an seinen Stamm und an die Bilder, die darauf gemalt waren; eine Feder, ein Blatt und ein Nest berührten mein Gesicht. »Hester ... Hübsche ... Schöne ...«, sagte Baum. Ich weinte und zitterte an seinem Körper. Am liebsten wäre ich seine hochgereckten Äste hinaufgeklettert, bis ich ganz oben angelangt war, und fortgesegelt in die Ewigkeit, zu Gottvogel. »Hester ... Hübsche ... Schöne ...«, sagte Baum noch einmal. »Geh rein.«

»Ich möchte bei dir bleiben.« Ich zwängte die Worte an den Tränen vorbei, die ihnen den Weg versperren wollten.

»Du musst reingehen.«

»Ich mag aber nicht.«

»Du musst.«

»Aber ich will doch nicht.«

»Hester« – Baum streichelte mir über die Backe –, »du schaffst das, deine Freunde sind drinnen.«

»Aber ich will nicht.«

»Geh rein, Hester.«

»Aber ich ...«

»*Geh rein.*«

»Na gut.«

»Braves Mädchen.« Ein Uhrenticken lang hielt ich Baum noch umschlungen, dann ließ ich ihn los und ging über das Gras zu Hintertür.

»Hester«, sagte Hintertür, »du bist zurückgekommen!«

»Ja«, flüsterte ich. »Ich hab's dir doch gesagt.«

»Du hast Wort gehalten.«

»Ja.«

»Der Schlüssel liegt auf der Türleiste. Wenn du dich auf die Zehenspitzen stellst, kommst du hin.«

»Danke.«

»Hester?«

»Ja?«

»Ich bin froh, dass du wieder da bist.«

»Danke.« Ich stellte mich auf die Zehenspitzen und schob meine Hand über die Leiste. Sie stieß an etwas Hartes. Es war der Schlüssel. Er zitterte in meinen Fingern, weil er sich fürchtete. Er sang ein ängstliches Schlüssellied in meinen Fingern – *trau mich nicht rein trau mich nicht rein trau mich nicht rein muss aber muss aber muss aber*. Nachts schlief er sonst immer und hatte nie etwas zu tun, außer jetzt, wo ich da war. Zitternd ließ er sich von mir ins Loch stecken und drehen. Hintertür klickte und ging auf. »Willkommen zu Hause«, sagte sie.

Ich stand in der Küche von Cott Road Eins und atmete die Luft. Ich atmete Staub, Sack, Rauch, Wischwasser, die Jahre vorher, die Jahre danach, Suppe auf dem Herd, Uhrzeiger, tickende Zeit, Eintopf im Topf und den Atem von Stiefel. Katze kam und wand ihren schwarzen Leib um meine Beine. Ich hob sie hoch und rieb mein Gesicht an ihrem schwarzgrauen Rücken. »Katze.« Ich drückte sie an mich und legte mein Ohr an die Stelle, wo das Schnurren saß. *Du bist wieder da, Hester, schnurrrrrrrr.*

»Ja, ich bin wieder da.« Ich schaute in ihre grünen Katzenaugen. Ich sah jede Maus, jedes Milchschälchen, jeden Vogeltraum, den wir geteilt hatten. Ich sah unsere Jahre unter dem Tisch. Ich sah uns, wie wir vor Sack davonrannten, ich sah uns, wie wir auf der Sofalehne saßen und hinausstarrten in das verbotene Freie, ich sah unsere Nächte Rücken an Rücken unter der Decke. Alle meine Geheimnisse waren in Katzes Augen. Ich küsste sie auf ihren schwarzen Kopf. »Raus mit dir.« Ich setzte sie durch die offene Hintertür in den Garten. Sie sprang davon in die Dunkelheit. »Keine Katze mehr«, flüsterte ich.

Ich knipste das Lämpchen am Küchenbord an, und ich stellte mich an den warmen Holzofen. Ich zog die schwere rote Tür auf. Ich wusste, wie, es war ja meine Aufgabe. Drinnen kein Feuer, nur ganz unten glühten Kohlen. Ich war nicht da gewesen, um die Flammen zu schüren, aber jetzt war ich zurück. Ich öffnete den Holzkasten neben dem Feuer. Gehackte Scheite lagen in einem einsamen Haufen. »Hester! Hester!« Sie redeten mit frohen Stimmen durcheinander. »Du bist wieder da!« Ich nahm ein Scheit heraus und hielt es an mein kaltes Ohr. Es flüsterte: »Wir hätten dich gebraucht.«

»Gebrauchtwerden ist Zurückkommen«, sagte ich ihm. Ich schob das Holz auf die glühenden Kohlen, und neue Flammen tanzten. Mein Gesicht wurde warm. Ich sah mich gut um in der Küche von Cott Road Eins: die Wände, die ich gewischt hatte, der Boden, den ich geschrubbt hatte, der Herd, den ich gescheuert hatte, die Decke, von der ich mit dem langen Besen die Spinnweben heruntergeschlagen hatte. Ich schaute so lange, bis ich die Augen zumachen konnte und trotzdem noch alles vor mir sah, weil es so tief in mich eingedrungen war, dass keiner es mehr finden und mir wegnehmen konnte.

Zeit für den Hängeraum, Zeit für meine erlauchte Gesellschaft. Mit einem von den Streichhölzern neben dem Herd zündete ich eine Totengebetskerze an. Der Hängeraum war ein dunkler Raum; wer sehen wollte, wen er zur Gesellschaft hatte, der brauchte Licht. Ich zog die Luke im Boden auf. Sie antwortete mit einem langsamen, schläfrigen Knarzen, weil niemand sie geöffnet hatte, seit Hester nach Renton gekommen war. Als ich die Stufen hinunterkletterte, taten mir wieder die Arme weh, ich konnte sie nur mit Mühe unten halten. Ich war noch auf der Treppe, da rief mir Tisch schon entgegen: »Du bist wieder da!« Jesus schlug die Festestrommel lauter. Meine Arme schmerzten mit jeder Stufe ärger. Als ich unten war, hielt ich die Kerze hoch und sah mich um. Alle waren sie da: Stangen zum Dran-Aufhängen, Stricke zum Damit-Festschnüren, Tisch zum Vorher-Draufstehen, und an die Wände geklebt meine erlauchte Gesellschaft. Die Trommel in mir schlug so fest, jeden Moment musste sie aus mir herausbrechen und ihr Lied auf der anderen Seite meiner Haut schlagen.

Noch etwas regte sich in mir – was war das, was da aus mir herauswollte? Was war das, was immer größer wurde und von tief unten hochstieg? Eier und Porridge? Koteletts und Bohnen? Fischauge? Es war ein Schrei; hoch und immer höher arbeitete er sich, durch den Tunnel, den Jesus in der Bilderbibel zu seiner Wohnung gemacht hatte. Wenn er herauskam, würde er meine erlauchte Gesellschaft verschrecken, er würde den Teufel wecken, und der Teufel würde Norma holen kommen, die im Wagen saß und leise vor sich hinsang: »Komm zurück zu mir, Hester, dann tanzen wir ...« Er würde sie holen kommen, und ich würde nicht da sein, der einzige Mensch, der sie retten konnte. Der Schrei durfte auf gar keinen Fall zu meinem Mund heraus. Ich würgte ihn hinunter, und er quoll stattdessen aus meinen Augen, heißes, salziges Wasser, das mir übers Gesicht lief, während ich im Hängeraum stand und meine erlauchte Gesellschaft ansah. Ich wollte genauso dahängen wie sie. Ich stieg auf den Tisch und band mir einen von den baumelnden Stricken um den Hals wie bei den Frauen auf den Bildern. Stiefel war nicht hier; ich konnte den Tisch selber unter mir wegtreten und hängen. Der Strick war meine Dornenkette. Ich wollte schon ausholen, als jemand meinen Namen rief.

»Hester?«

Wer war das?

»Hester?« Wieder die Stimme. Wem gehörte sie? »Hester! Du kennst mich, Hester.« Es war eine Stimme mit einem versteckten Lachen darin. Es war Axt. Sie rief mich von der Hauswand draußen, an der sie lehnte. »Komm wieder nach oben«, sagte sie. »Komm schon.« Ich konnte für immer im Hängeraum hängen, so still wie Lots Weib. »Hester, komm raus da!« Wenn ich hing, konnte ich ein klein bisschen schlafen. Ich konnte auf den Vogeltraum warten ... »Komm *sofort* rauf!« Axt meinte es ernst. »Raus da mit dir, und zwar jetzt!« Ich wischte mir über mein nasses Gesicht, knotete den Strick ab, kletterte vom Tisch herunter und stieg wieder die Stufen hoch.

Aber die Luke im Boden rührte sich nicht. Sie war steif, sie schlief wieder. Ich stellte die Totengebetskerze hin, und sie ging aus. Es war schwarz wie Katzes Rücken; ich konnte meine Hände nicht sehen. Ich tastete nach der Luke und drückte dagegen, aber sie gab nicht nach. Ich drückte und drückte, der Schrei stahl sich wieder nach oben. »Nein«, sagte ich zu dem Schrei, »nein!«. Wieder quoll er mir zu den Augen heraus. Die Dunkelheit legte sich um meine kalten schläfrigen Schultern wie eine Decke, wie ein warmes Federbett. Ich lehnte mich an die Wand. Ich wollte mit allem aufhören und schlafen wie Katze auf der Treppe zur Hintertür.

»Hester, drück die Luke auf.« Axts Stimme kam durch die Dunkelheit, heller als eine Flamme von einem heißen, hungrigen Feuer, und weckte mich. »Komm hoch«, sagte sie.

»Die Luke klemmt«, sagte ich ihr.

»Dann versuch's noch mal.«

Ich versuchte es noch mal. Die Luke rührte sich nicht. »Sie klemmt.«

»Hester, wenn du fest genug drückst, geht sie auf.«

»Aber sie klemmt!«

»Sie geht auf, wenn du richtig drückst, Hester.«

»Ich hab richtig gedrückt. Sie geht nicht auf. Lass mich schlafen.«

»Nein, jetzt ist keine Zeit zum Schlafen. Schlafen kannst du später. Mach die Luke auf.«

»Ich hab's versucht. Sie klemmt. Sie geht nicht auf, und ich will schlafen.«

»Hör auf zu weinen. Hör sofort auf zu weinen und mach die Luke auf.«

»Nein.«

»Mach sie auf!«

»Nein!«

»*Mach sie auf mach sie auf mach sie auf mach sie auf mach sie auf!*« Axts Stimme zerriss mir die Ohren und spaltete mir den Kopf. Ich drückte und drückte, so fest es nur ging, und die Luke gab nach. »Sehr gut«, sagte Axt. »Und jetzt komm und hol mich.«

Ich tappte leise den Gang entlang bis zu Hintertür. Knauf lächelte, die Frage war aus seinem Auge verschwunden. Er hatte keine Fragen mehr. Er wusste Bescheid. Ich drehte ihn, öffnete Hintertür und ging hinaus in das Freie. Kälte legte sich über mein Gesicht und kroch zu mir unter den Anzug. Axt lehnte an der weißen Holzwand von Cott Road Eins, ihrem Schlafplätzchen für die Nacht. »Gut«, sagte sie, als sie mich sah. »Du bist gekommen.«

»Ja.«

»Nimm mich in die Hand.« Ich nahm sie in beide Hände und drehte sie. Sie war schwer, und ihr blanker Kopf glänzte. Axt schnitt gern auf. Ich musste lächeln über sie und ihre Raffiniertheit und ihre Stimme mit dem versteckten Lachen darin.

»Jetzt bring mich ins Haus«, sagte sie.

»Was?«

»Du hast schon richtig gehört.«

»Du willst reingehen?«

»Gut erkannt. Bring mich rein.«

»Warum?«

»Weil ich es sage.«

»Aber warum sagst du es?«

»Weil es mein Wunsch ist.«

»Aber warum?«

»Ich sag doch, es ist mein Wunsch.«

»Aber wozu?«

»Weil.«

»Aber warum?«

»Hester, ich bin deine Freundin. Ich kann dir Bilder schenken, wie du noch nie welche gesehen hast. Bring mich ins Haus. Das ist mein Wunsch.«

»Etwas, was du ganz dringend willst?«

»Genau, etwas, was ich ganz dringend will. Komm, gehen wir rein, Hester, du und ich zusammen.«

Ich ging mit Axt ins Haus. Wir standen vor der untersten Treppenstufe, wo die Lampe vom Küchenbord noch hinreichte. Oben, am Ende der Treppe, war es dunkel. Ich setzte den Fuß auf die unterste Stufe. Sie und mein Fuß hatten die gleiche Form, von dem ständigen Hoch-Runter, Hoch-Runter mit Wischmopp und Besen und warmem Tee mit Zuckerbrot für Sack, wenn ihr Rücken sie plagte. Ich setzte den Fuß auf die zweite Stufe, dann die dritte und vierte. Der Geruch von Stiefels und Sacks Träumen kroch mir in die Nase. Stiefels Traum roch nach Haar und nach Männerhosen, der von Sack nach feuchtem Schwamm. In Stiefels Traum wohnte er in einer Flasche, die Flasche versank im tiefen Wasser, das Glas zerbrach, und das Wasser kam hereingeflossen. Stiefel strampelte, aber er sank immer tiefer. Das Wasser floss ihm zum Mund herein und sprudelte aus seiner Nase. Es floss in seinen ganzen Körper, bis er so schwer wurde, dass er auf den Grund sank. In Sacks Traum wuchsen Flügel aus ihrem schlimmen Rücken. Sie flog ins verbotene Freie hinaus, und die Flügel hängten sie an ihrem Nachthemd mit den verblichenen Blumen darauf an der Wäscheleine auf, wo sie keine andere Gesellschaft hatte als die nassen leeren Hemden von Stiefel.

Als ich oben war, in der Dunkelheit, lief ich auf Mäusefüßen zu meinem Zimmer. Ich öffnete die Tür und knipste das Christuslämpchen an. Das Lamm und der Löwe waren verschwunden. Das Bett stand noch da, aber ohne die bunte Decke. Es war nichts in dem Zimmer, das von Hester war. Der Schrei quoll zu meinen Augen heraus.

»Hester.« Schon wieder Axt.

»Was ist?«

»Hör zu weinen auf. Gehen wir.«

»Wohin?«

»In ihr Zimmer.«

»Ihr Zimmer?«

»Ja, sicher. Tu bloß nicht so, als wüsstest du nicht, wovon ich rede.«

»Du willst in ihr Zimmer?«

»Jetzt komm schon.«

»Warum?«, fragte ich Axt.

»Komm.«

»Aber warum?«

»Was heißt *warum*? Komm, gehen wir.«

»Aber ...«

»Gehen wir!«

»Na gut.« Vor ihrer Tür hörte ich ihren Atem. Der von Sack war ein Pfeifen. Der von Stiefel war ein Eisenbahnzug, der ihm in der Kehle feststeckte. Axt und ich machten kein Geräusch. Axt war gut im Leisesein, so lange Zeit hatte sie an der Wand gelehnt und geschlafen und gewartet, dass ich heimkam. Ich stieß die Tür auf, und ich schlich zu ihrem Bett, so leise wie Katze, wenn die Maus den Kopf aus ihrem Mauseloch streckt. Beim Schleichen zählte ich. Stiefel war es, der mir das Zählen beigebracht hatte, das ist die *Eins*, und er hielt einen Finger hoch, das ist die *Zwei*, und er hielt noch einen hoch, das ist die *Drei*, und er hielt auch den Daumen hoch. Jetzt zählte ich für mich allein; ich kam bis sieben, und da lagen sie beide im Mondlicht, Stiefel mit offenem Mund, damit die müde Luft leichter hineinkam, und Sack auf der Seite, sodass ich ihr Gesicht nicht sah.

»Heb mich hoch«, sagte Axt, also hob ich sie. Jesus saß in der Ecke auf seinem Thron. Zu seinen Füßen lag das Lamm, und der Löwe ging im Kreis um ihn herum. Jesus lächelte mir zu, und ich lächelte zurück. Er schlug die Festestrommel und schaute zu. »Höher«, verlangte Axt, diese alte Aufschneiderin. Ich hob sie hoch über der schlafenden Sack mit ihren Lektionen des Betens und Reinemachens, und über dem schlafenden Stiefel mit seiner Lektion von Hose und Baum. Ich hatte gefunden, was ich suchte. Ich hatte das *Warum* gefunden. Es war hier, vor mir. Ich roch es, ich sah es, ich schmeckte es. Es füllte mich vollkommen aus. Die

Zeit hörte auf zu ticken. Die Zeiger der Uhr hielten mitten auf dem Zifferblatt. »Jetzt«, sagte Axt. »Jetzt jetzt jetzt jetzt jetzt jetzt jetzt jetzt jetzt jetzt jetzt jetzt!«

Ich ließ sie auf Stiefels Kopf niedersausen. Ich folgte den Rillen, wie er es mir gezeigt hatte. Stiefel rollte sich zusammen wie ein Wurm, wenn man ihn auf einen Stock spießt. Er rollte und krümmte sich, ein Auge offen, Axt verspeiste das andere Auge. *Da!* für deine Nachtbesuche, *da!* für den Hängeraum, *da!* für dein Geheimnis, *da!* für Mary ohne einen Freund außer mir, *da!* für dein Springen beim kleinsten Wort von Sack, *da da da!* Ich hackte und hackte und hackte. Flüsse rissen ihre Dämme ein. Noah in seinem Schiff schaukelte höher und höher, Ertrinkende versuchten an Bord zu klettern, aber das Blut schwappte in Wellen, und die Wände waren zu glitschig. »Hack, hack, hack!«, rief Axt. »Mehr mehr mehr! Hack hack hack!« Jesus rief nach Gott dem himmlischen Vater, als Stiefels Blut über die Welt schwappte. »Hack, hack, hack! Mehr, mehr, mehr!«

Sack setzte sich auf, die Hände vor sich ausgestreckt. Sie hatte Stiefelblut in den Augen, deshalb konnte sie nicht richtig sehen. Sie versuchte Luft in ihren Körper zu saugen, aber die Luft wollte nicht in sie hinein. Sie machte ein Geräusch wie ein Eisenbahnzug, der in einen Bahnhof einfährt. Sacks Augen waren offen, das Licht hinter dem Blut in ihren Augen machte das Zimmer rosa. Jesus hörte auf zu trommeln und hielt sich die Hände vors Gesicht. Das Lamm sprang auf seinen Schoß und versteckte sich in seinem Gewand. Der Löwe unterbrach seine Kreise.

Ich holte bei Sack nach der Seite aus, weil ihre Rillen anders verliefen. Ich hieb die Axt mit Schwung durch den Hals von Sack. *Da!* für dein Beten, *da!* für die verbrannten Bilder, *da!* für das Fischauge, *da!* für den Frosch, den ich nie sehen durfte, *da!* für die Blutblumen auf dem Betttuch, *da!* für meine Großmutter, endlich, *da da da!* Ich hackte und hackte und hackte.

»Mehr mehr mehr!«, funkelte und blitzte Axt. Ihr Lachen kam aus seinem Versteck, es sprang gegen die Wände und wieder zurück. »Hack, hack, hack! Mehr, mehr, mehr! Hack, hack, hack!« Die Wolken am Himmel teilten sich, Gott der Herr blickte herab auf Sack in Stücken, während ihr Blut sich mit dem von Stiefel vermischte und die Welt unterging. Der Fluss von Blut spritzte heraus aus den Löchern, die Stiefels Baum in meinen Kopf gebohrt hatte, und zu dem Blut von Sack und Stiefel kam Hesters Blut. Ich malte ein rotes Bild an die Wand; ich brauchte nur meine Hand dazu. Es war ein Bild von Gottvogel; er trug seine Krone aus Steinen, und auf seinem Flügel saß ich. Wir riefen *Halleluja! Tanzt vor Freuden!*

Ein neues Lied sang in mir. Ein Lied mit Glocken, einer Harfe und dem Engel Gabriel. Stiefel und Sack stimmten ein. Sie ging mir unter die Haut, die neue Musik, sie ging dahin, wo man mit den Fingern nicht hinkam. Klebrig und nass stand ich da, und die Luft ging keuchend *ein aus ein aus*, während Jesus die Trommel schlug und Axt mitsang.

Ich stellte mich ans Fenster und schaute hinaus in die Ewigkeit aus Mond, Wolken und Sternen. Dunkle rauchige Wolken zogen langsam vorbei und gaben den Mond frei. Nichts endete; alles ging immer weiter. Ich kletterte auf den Fenstersims. Wenn ich mich von dem Sims abstieß, würde ich emporfliegen in die Ewigkeit und ein Teil von ihr werden, ich würde eins werden mit den Dingen, die bleiben, meine Augen würden in den Sternen sein, meine Zehen in den Wolken, mein Haar würde hinausströmen über die Welt, ich würde niemals enden, ich würde ewig sein. Der Wunsch war stark, und er beutelte mich, nass und zitternd, wie ich war. Ich wollte mich abstoßen und durch den Flaschenhals dahin segeln, wo Gottvogel wohnte, als ein Bild von Norma die Schnur entlangkam, Norma im Wagen, die wartete. Dann kam noch ein Bild, diesmal von Norma und mir und Normas Bruder. Wir saßen am Fluss, und obwohl wir den Frosch nicht sehen konnten, konnten wir ihn hören, seine Stimme schwebte als Seifenblase über den Bäumen. Ich wandte mich wieder zu Stiefel und Sack.

Ich ließ Axt bei Stiefel, damit sie reden und lachen konnten, weil sie eine witzige, raffinierte Aufschneiderin war, diese Axt, dann nahm ich Sacks Haar in die Hand; ich hatte es noch nie angefasst. Es war ein neues Gefühl in meiner Hand. Ich schloss die Finger darum: mehr Blut als Haar. Ich nahm ihren dünnen Arm, und ich zerrte Sack die Treppe hinunter; auf jeder Stufe machte ihr Körper ein Plumpsgeräusch wie eine Ladung Kartoffeln. Ich schleifte sie durch den Flur und in die Küche, genau wie Sack mich immer zum Hängeraum geschleift hatte. Ich hob sie auf und drückte sie an mich, als ob es Katze wäre. Ihr Körper war hart wie ein Stuhl. Ganz fest drückte ich sie, damit etwas von ihr aus ihrer Haut heraus- und in meine hineindrang. Sie verbot es mir nicht. Ich legte mein Ohr dahin, wo ihr klebriger Mund war, um ihr Flüstern hören zu können. Ich wartete darauf, dass sie es mir verbot, aber sie sagte nichts. Ich hob sie auf den Tisch.

Ich lief Stiefel holen. Stiefel und Axt unterhielten sich. Axt sagte: »Hester versteht sich gut aufs Hacken.«

Stiefel sagte: »O ja, das tut sie.«

Axt sagte: »Sie ist ein tüchtiges Mädchen.«

Stiefel sagte: »O ja, das ist sie.«

Axt sagte: »Sie macht ihre Sache gut.«

Stiefel sagte: »Das stimmt, Axt, sie macht ihre Sache gut. Ich habe es ihr gezeigt.«

Axt sagte: »Das hast du, ja, das hast du. Du hast es ihr gezeigt, und jetzt zeigt sie's dir.«

Stiefel war schwerer als Sack, und er hatte keine Haare, an denen ich ihn ziehen konnte. Ich fasste ihn an den Beinen und zog ihn daran nach unten. Sein Rücken bumperte über die Stufen. Stiefel war schwer und glitschig von Blut. Ich zerrte ihn über den Flur und in die Küche, damit er bei Sack liegen konnte, denn Sack und er waren ein Fleisch. Ihn drückte ich in der Küche nicht an mich wie Sack. Stiefel mochte kein Blut, und er triefte davon. Ich hob ihn zu Sack auf den Tisch. Ihre Arme standen über, ihre Füße standen über – egal, wie ich es versuchte, der Tisch reichte nicht aus.

»Wie wär's mit mir?«, sagte eine Stimme vom Schrank her.

»Was?«, sagte ich.

»Wie wär's mit mir, ich habe eine scharfe Schneide.« Es war Messer, mein alter Freund. Ich nahm ihn aus dem Schrank und drehte ihn in der Hand. War das mein nasses, rotes Gesicht, das ich in seiner Klinge sah? »Schnell«, sagte er. »Zerschneid sie.« Ich zerschnitt Stiefel und Sack. Ich schnitt durch Knochen, ich schnitt durch Haut, ich schnitt durch alles, an das man mit den Fingern nicht hinrühren kann – Geheimnisse, Lachen, Schmerzen, alles lief heraus und vermischte sich mit den Blutpfützen auf dem Boden. Jetzt passten Stiefel und Sack gut auf den Tisch.

Ich nahm den schweren Topf, und ich stellte ihn auf den roten Holzofen. Ich machte die Ofentür auf und legte Holz nach. »Nein!«, schrie Holz, als die Flamme kam.

»Das ist das letzte Mal. Du musst.« Holz verstand. Ich füllte die Stücke vom Tisch in den schweren Topf.

»Jetzt ich«, sagte Kochlöffel von dem Bord überm Herd. Er lächelte über sein ganzes rundes Löffelgesicht, als ich ihn in die Hand nahm. Wir rührten im Topf und sangen zusammen: »*Und das Brot, das ich geben werde, das ist mein Fleisch, denn Fleisch und Blut, das tut gut.*«

»Das reicht«, sagte Kochlöffel. »Ich muss mich ausruhen.« Ich hob ihn aus dem Topf. Ich holte eine Schüssel aus dem Schrank, hielt sie über den Herd und nahm Kochlöffel dazu her, sie vollzuschenken. Wände, Boden, Decke, meine Hände, der Tisch, alles war rot. Ich nahm einen frischen Löffel zum Essen, und ich setzte mich an den roten Tisch. Ich tunkte den Löffel in die Schüssel, steckte ihn in den Mund, und ich aß. Warme rote Milch floss hinunter zu den Stellen, an die man mit den Fingern nicht hinrühren kann, hinunter in die tiefe Dunkelheit voller Salz und Tränen aus dem Auge des Fischs, und sie wärmte diese Stellen, *endlich, endlich*. Ich hörte die Lieder von Stiefel und Sack; Stiefel wie die

Trompete, die die neue Welt und Jesu Auferstehung verkündet, und Sack schrill wie die kleinen Flöten eine Seite weiter, wo die Kinder ihren Festtanz aufführen.

Norma schickte ein neues Bild die Schnur entlang. Es war ein Bild von ihr selbst, wie sie rauchte; der Rauch füllte den Wagen, sodass Norma nicht mehr hinausschauen konnte. Sie wollte nicht schauen, weil draußen in der Cott Road der Teufel war und lauerte, ob ich Wort halten würde.

»Hester!« Baum rief mich. Ich legte den Löffel weg.

Im verbotenen Freien schien der Mond auf Baum, der allein dastand und seine knorrigen Ästefinger hinaufreckte in die Ewigkeit. »Hester ... Hübsche ... Schöne.« Ich ging zu ihm und drückte das Gesicht an seinen Stamm, sodass mich die Bilder darauf an der Backe kratzten. »Nicht weinen, Hester«, sagte Baum. Ich schlang die Arme um ihn und hielt ihn ganz fest. »Nicht weinen, deine Zeit ist da.«

»Ich will nie von dir fortgehen«, sagte ich zu ihm.

»Ich weiß«, sagte er.

»Nie.«

»Ich weiß.«

»Nie nie.«

»Ich weiß, aber du musst.«

»Was?«

»Du musst jetzt gehen. Wir müssen uns trennen.«

»Niemals.«

»Hester, du musst.«

»Aber das ist nicht mein Wunsch.«

»Du musst.«

»Aber ich will nicht.«

»Hester, wenn du mir hilfst, kann ich in die Ewigkeit eingehen.«

»Wie denn?«, fragte ich.

»Zünde mich an.«

»Nein«, sagte ich.

»Doch, zünde mich an.«

»Nein, ich will nicht.«

»Zünde mich an.«

»Nein.«

»Doch.«

»Nein.«

»Doch!«

»Aber ich will nicht. Du bist doch mein Freund, du hast mir Bilder geschenkt.«

»Hör auf zu weinen. Du bekommst noch ein letztes Bild von mir. Lass mich gehen.«

Ich sah dahin, wo Baums Äste hinzeigten – hinauf zu den Sternen, diesen leuchtenden Tunneln hinüber auf die andere Seite, wo Gottvogel wartete. »Kann ich mitkommen?«, fragte ich ihn.

»Nein«, sagte er.

»Bitte.«

»Nein. Du musst zurück zum Wagen.«

»Warum?«

»Du hast dein Wort gegeben.«

»Aber ich will mit dir in die Ewigkeit gehen. Bitte.«

»Nein. Geh zurück, du hast es versprochen. Du hast dein Wort gegeben. Dein Wort, das ist keine Lüge und kein Geheimnis. Dein Wort musst du halten.«

Ich stieß mich von Baums hartem Körper ab. »Aber ich will mit dir mitkommen.«

»*Nein!*« Baum wollte alleine gehen.

»Gut, wie du willst.«

»Brav«, sagte Baum. »Dann hör jetzt zu weinen auf.«

»Lebwohl«, sagte ich.

»Hübsche ... Schöne.«

»Baum, ich hab dich lieb.« Ich legte mein Gesicht noch einmal an die Rinde seines Körpers, für eine allerletzte Geschichte.

»Geh jetzt«, flüsterte er.

Ich ging in die Küche und holte das Wasser, das Sack zum Feuermachen benutzte, wenn es die Nacht durchgeregnet hatte und das Holz nass war. Ich taufte das Haus mit dem Feuerwasser, wie Jesus Johannes und seine Freunde getauft hatte. Ich übergoss die Treppe und den Fußboden. Ich lief nach oben und übergoss mein Zimmer, ich lief wieder nach unten, zog die Tür zum Hängeraum auf und goss so viel die Stufen hinunter, wie nur ging. Ich taufte meine erlauchte Gesellschaft damit. Feuerwasser tropfte von den schwarzen Säcken über ihren Köpfen. Die Augen in dem Kopf, der in die Höhe schaute, weinten Feuerwasser-Tränen. Die Frauen, die auf Räder gespannt waren, trieften – das Feuerwasser durchweichte sie. All die vielen Zuschauer, die sich um sie im Kreis drängten, ertranken. Ich öffnete die Tür zu Stiefels Arbeitszimmer. Schiffe in Flaschengefängnissen reihten sich eins ans andere. Ich spritzte sie nass, und sie sprangen von ihren Regalen herab und platzten auf. Streichholzboote flogen in die Höhe und aus dem Fenster. Sie segelten in den Himmel, auf die leuchtenden Tunnel zu, durch die es auf die andere Seite ging. Ich lief nach draußen und goss das Feuerwasser rund um Baum aus. »Hör auf zu weinen«, sagte er, als ich es auf seinen Stamm spritzte.

In der Küche holte ich mit dem harten Kehrblech Flammen aus dem roten Holzofen. Manche verbrannten mir die Hände. Ich kippte sie auf die unterste Treppenstufe. Ich kippte sie überall dorthin, wo ich Feuerwasser verspritzt hatte. Kochlöffel, Axt, Tisch, Messer, alle riefen sie mir zu: »Lebwohl, lebwohl, deine Zeit ist da.« Die Küche stand in Flammen. Ich zog meinen grünen Anzug aus, nur dass er jetzt rot war. Ich ließ ihn einfach fallen und ging hinaus ins Freie. Neben dem Ausguss draußen lagen die Bürste und Seife, mit denen Stiefel sich waschen musste, wenn er schmutzig heimkam. Ich nahm sie und wusch damit das Rot den Ausguss hinunter. Es schwappte davon, in Kreisen aus rotem Wasser, hinab zu den schwarzen, salzigen Tränen des Fischs. Ich nahm die Decke, die überm Zaun hing, schlug sie um meinen kalten Körper und ging zu dem spitzigen Tor im Zaun.

Am Tor sah ich zurück. Baum brannte; seine Äste waren Flammenhände, die sich in die Höhe reckten. Gottvogel stieß aus dem schwarzen Himmel herab, seine Flügel leuchteten weiß vor dem Dunkel. Die Cott Road Eins brannte; gelbe Hitze schlug aus den Fenstern. Ich wollte stehen bleiben wie Lots Weib. Ich wollte erstarren wie krustiges Salz und nie wieder einen Schritt vor- oder zurückmüssen.

Baum schrie durch die Flammen: »Weg mit dir, Hester!« Seine Wurzeln rissen sich aus der Erde, feuerhell stieg er in die Höhe; Gottvogel trug ihn mit sich fort. Es war Baums letztes Bild.

Ich drehte mich um und fing an zu rennen. Ich nahm den Weg durch den Busch, zurück zu Norma. Dornen griffen nach meiner Decke, aber ich hielt sie ganz fest und rannte weiter. Ich hielt mich im Dunkeln, wo die Laterne nicht hinreichte.

Als ich zu dem weißen Wagen kam, hing an seiner Tür der Teufel. Er kratzte an den Fenstern, er schlug auf das Dach. Der Teufel wollte hinein zu Norma – er wollte ihr die Haut abziehen, dass alle Geheimnisse aus ihr heraustropften, wie früher die guten Freunde von ihrem Vater. Ich hörte sie drinnen im Wagen schreien: »Nein, bitte nicht, bitte!«

Als der Teufel mich sah, fuhr er zurück. Wir starrten uns an. *Ein aus ein aus* ging mein Atem. *Ein aus ein aus* dampfte seiner.

Auf einmal machte er einen Satz auf mich zu, einen schnellen, schrägen. Ich war das Einzige, was ihn von Norma trennte. Er wollte mich aus dem Griff der Erde reißen wie Unkraut. Aber der Teufel hatte keine Waffe, und ich hatte das Wort, das ich Norma gegeben hatte. Ich starrte ihn an, ich verschloss meine Augen vor nichts an ihm, sie blieben weit offen. Sie fingen den Teufel ein. Kein Teil von ihm blieb mir verborgen, und ich sah nicht weg, als ich mich mit aller Kraft gegen ihn warf. Ich hielt ihn gefangen in meinem Augenlicht, das noch heiß war von den Flammen der Cott Road Eins. Der Teufel verbrannte im Licht meiner Augen.

Dann war er fort, kein Teufelsgestank nach Öl und Speck mehr in der Luft.

»Norma, ich bin's, lass mich rein.« Ich klopfte an die Tür. »Norma, Norma mit K.« Die Tür ging auf. Norma konnte nicht reden vor Weinen. »Norma, pschscht.« Ich wickelte Norma in meine Arme, ihr Gesicht lag nass an meinem Hals.

»Du bist zurückgekommen«, weinte sie.

»Ja«, sagte ich, »und jetzt fahren wir hier weg.«

»Du bist zurückgekommen.«

»Ja, fahren wir, Norma.«

»Du bist ohne Kleider zurückgekommen, aber trotzdem.«

»Ja.«

»Ist er weg?«

»Er ist weg, Norma, fahren wir.«

»Ja, okay.« Norma wendete den Wagen, und wir fuhren fort von der Cott Road Eins.

Wir fuhren durch die Dunkelheit, ohne zu sprechen, und an der Schnur zwischen uns glitten Bilder entlang. Mein Bild an Norma war ein brennendes Haus. Ihres an mich war der Engel Gabriel. Die schwarzen Vögel waren verschwunden. Ich schlief ein, den Kopf an der Scheibe, während Norma ihr Fahrlied sang. »*I danced for the scribe and the Pharisee, But they would not dance and they would not follow me; I danced for the fishermen, for James and John; They came to me and the dance went on.*«

»Komm, aussteigen, Hester. Mein Bruder will das Auto holen, bevor es hell wird.« Norma rüttelte mich wach. »Schnell. Wir müssen dich zurück in dein Zimmer schaffen. Wir müssen Kleider für dich finden.« Normas Stimme war zittrig, als wir aus dem Wagen kletterten. Sie hielt mich bei der Hand, und die Hintertür ließ uns wieder hinein nach Renton.

Wir stiegen die Stufen hinauf in die dunkle Küche. Norma steckte eben den Schlüssel ins Schloss, als das Licht aufflammte.

Vor uns stand der Blauschuh mit der Schlange am Arm. »Wo kommt ihr zwei her?«

»Du hast von mir gekriegt, was du wolltest«, sagte Norma. Der Blauschuh hatte Fettringe am Hals. Sein Kragen schnitt mitten in sie hinein. »Lass uns zurück in den Schlafsaal.« Normas Hand in meiner zitterte.

»Du hast mir meinen Schlüsselbund geklaut!« Die Fettringe quollen über Blauschuhs Kragen.

»Da hast du ihn wieder.« Norma warf die Schlüssel auf den Boden vor Blauschuhs Füßen.

»Warum hat sie nichts an?« Er zeigte auf mich, während er seine Schlüssel aufhob. »Wo wart ihr?«

»Nirgends. Lass uns jetzt in unsere Betten.« Norma fasste meine Hand fester.

Der Blauschuh stellte sich vor mir auf und zog mir die Decke von den Schultern. Sie fiel auf den Boden. »Was ist mit ihren Sachen?«

»Lass uns in Ruhe. Du hast gekriegt, was du wolltest.« Norma zerrte mich von dem Blauschuh weg.

»Du hast meinen Schlüsselbund geklaut.« Wenn der Blauschuh den Kopf bewegte, schnitt der Kragen noch tiefer in das Fett. Die Schlange an seinem Arm zischte schläfrig.

»Ich hab ihn dir wiedergegeben.«

»Was habt ihr zwei gemacht? Irgendwas, was ich wissen sollte?«

»Nichts, lass uns einfach ins Bett gehen.«

Blauschuhs Blick spazierte über meine Hügel, dann sah er auf die Uhr an seinem Handgelenk. »Dann beeilt euch mal besser.« Wir wollten zur Küchentür raus, aber Blauschuh versperrte mir den Weg. »Von Norma hab ich gekriegt, was ich wollte, aber von dir nicht.«

»Lass sie in Ruhe. Lass uns in unseren Schlafsaal zurück.« Normas Stimme klang so dünn, als ob Blauschuh der Teufel wäre.

»Nur wenn ich von dir auch meinen Teil kriege.« Er schaute mich an.

»Dafür ist keine Zeit«, sagte Norma.

»Jetzt vielleicht nicht, aber später. Ich hol's mir schon noch.« Er fasste mich an der Schulter an; seine Finger waren kalt. »Und keine Zicken, sonst kommt ihr alle beide in Isolation!«

»Ich lass dich hochgehen«, sagte Norma und streckte das Kinn vor. »Und dann kriegst *du* Ärger. Du hast mich gefickt.«

»Wie kommst du darauf, dass dir irgendwer glaubt?«

Norma wurde rot im Gesicht. »Du Scheißkerl!«

»Nur diesen einen kleinen Gefallen«, sagte Blauschuh, die Hand an meinem Arm, »und dann ist die Sache erledigt. Nichts ist passiert.«

»Vergiss es«, sagte Norma.

»Ist doch ein faires Angebot – sie muss nur brav sein.« Blauschuh berührte mich am Kinn.

»Du lässt sie in Ruhe«, sagte Norma. Ein Spuckeklumpen sprang ihren Worten hinterher.

Ich machte einen Schritt zu Blauschuh hin. »Ich kann brav sein.«

Norma sah mich an, als ob ich sie verblüfft hätte. »Hester, das musst du nicht.«

»Dann lässt er uns gehen.«

»Das sieht sie goldrichtig«, sagte Blauschuh mit einem Lächeln.

»Ja«, sagte ich.

»Ich komm dich holen«, sagte Blauschuh. »Und jetzt bring ich euch in den Schlafsaal.« Unterwegs holte er einen frischen Anzug aus der Wäschekammer. Ich zog ihn im Korridor an, und Blauschuh beobachtete mich. Dann hob er die Decke auf. »Vernichten wir mal besser das Beweismaterial«, sagte er, als ob es unser Geheimnis wäre. »Wir nehmen lieber den langen Weg, da sieht uns keiner.« Norma und ich folgten ihm den langen Weg, und kein Mensch sah uns. Als wir zum Schlafsaal kamen, sagte Blauschuh:

»Ich komm dich holen.« Er drückte die Tür auf, und Norma und ich legten uns in unsere Betten.

»Gute Nacht, Hester«, sagte Norma.

»Gute Nacht, Norma.« Ich wartete darauf, dass der schwarze Vogel kam und mein *Gute Nacht* mit dem Schnabel einfing und damit zum Fenster hinausflog – aber nichts passierte.

Norma saß auf der einen Seite des Rauchzimmers, ich auf der anderen; die Wolke aus Rauch hing zwischen uns. Norma hob die Hand, steckte sich das weiße Stöckchen in den Mund und saugte. Durch die Rauchwolke glühte ihr kleines Feuer heiß auf. Ich hob die Hand, steckte mir das weiße Stöckchen in den Mund und saugte. Mein kleines Feuer glühte heiß auf. Ihre Hand wanderte hinunter in ihren Schoß. Meine Hand wanderte hinunter in meinen Schoß. Wir beobachteten uns. Unsere Augen ließen einander nicht los. Nirgends waren schwarze Vögel zu sehen. Meine Freunde riefen nicht nach mir. Da, wo ihre Stimmen gewesen waren, war jetzt eine ganz neue Stille. Hinter dem Aufeinanderklappern der Frühstückstabletts und Ritas Lachen und Kichern mit dem Freund, den keiner sehen konnte, und Mrs. D's *Leck mich* war es so still wie ein nagelneuer Himmel. Ich war leer. Ich konnte vom Boden abheben wie Baum und davonfliegen. Ich konnte dem Rauch hinauf zur Decke folgen und mich durch die Fensterritzen davonstehlen.

Ich ließ mein Frühstück stehen. Ich schwitzte und fror am ganzen Körper. Kotze wartete in dem heißen Korridor meiner Kehle. Meine Knochen ratterten in mir. Norma aß ihr Frühstück und beobachtete mich. Sie sagte: »Der Blauschuh wird dich holen kommen. Er wird mit dir in den Waschraum gehen.«

»Warum?«

»Damit er seinen Willen bei dir haben kann. Ich muss ihn abhalten.«

»Was will er mit mir machen?«

»Was ihm grade einfällt.«

»Aber was?«

»Dir weh tun.«

»Wie?«

»Wie's ihm gerade einfällt.«

»Wann?«

»Keine Ahnung, wann. Bald. Meinst du, du stehst es durch?«

Eine kleine Messerklinge spießte beim Schlucken in meiner Kehle. Ich wusste keine Antwort.

Normas Augen waren sehr groß. »Er kommt sicher bald.«

Ich schickte ihr ein Bild durch die Schnur. Es war ein Bild von Norma und mir in einem weißen Ei. Die Schale von dem Ei konnte niemand zerbrechen.

Ich schlief, als eine Hand auf meiner Schulter mich weckte. »Steh auf«, sagte Blauschuh. »Dalli.« Die Klinge drehte sich in meiner Kehle. Kotze wartete ganz in der Nähe. Gott der Herr hielt meinen Kopf sehr fest zwischen Zeigefinger und Daumen. Er drückte zu. Blauschuh flüsterte: »Los jetzt!«, und schüttelte mich. Ich stand auf. »Komm mit.« Norma setzte sich in ihrem Bett auf, als wir vorbeigingen.

Blauschuh führte mich in den Waschraum. »Leg dich auf den Boden«, sagte er.

»Wozu?«, fragte ich ihn. Wie soll man einen Boden putzen, wenn man auf ihm draufliegt?

»Leg dich hin.« Er schubste mich so, dass ich hinfiel, dann schnallte er sich den Gürtel auf und zog sich die Hose herunter. »Jetzt zeig mal, wozu du nütze bist«, sagte er. Sein Lächeln hatte einen Stachel. Er zerrte mir die Hose über die Schenkel und boxte mich auf die Nase. Ich sah die Beule in seiner Unterhose.

Ein Kribbeln begann in meiner Mitte. Blauschuh hatte harte Arme; er war groß, aber ich war größer. Er drückte meine Beine auseinander. Er quetschte die Haut an meinen Beinen. Die Haut fing zu brennen an. Ich griff mit beiden Händen in Blauschuhs Gesicht, als er sich vorbeugte. »Verrückte Schlampe!« Seine Worte verfingen sich in meinen Fingerritzen, genau wie früher meine Worte in den Fingerritzen von Stiefel. Sein Gesicht unter meiner Hand glitschte wie Öl, sein Haar schlüpfte weg wie eine Ratte; ich musste lachen, und ich zog ihn auf mich. Er versuchte meine Hände von seinem Gesicht wegzubiegen. Er versuchte mich wieder auf die Nase zu boxen, aber ich drückte ihm eine Hand auf Augen und Mund, und dann nahm ich sein Ohr und kniff zu. Ich zog ihn noch näher zu mir. Blauschuh zappelte. Blauschuh wusste nicht, ob er froh oder erschrocken sein sollte. Meine Beine spreizten sich, so weit sie nur konnten, aber es war ihnen immer noch nicht weit genug. Meine Mitte war nass wie die Spüle, du kannst deinen Baum in mich reinschieben, Mister Blauschuh, und *rein!* schlüpfte er, *tiefer tiefer!*

Sein Mund war offner und nasser als Stiefels Mund. Seine Hände waren Schaufeln, die die Erde aus mir herauswühlten, sie gruben ein Loch in mir, ein Loch zum Hereinklettern, und füllten mich voll mit Schlamm. Blauschuhs Baum bewegte sich in mir. Mein Kopf fiel von meinem Hals ab – rollte auf den Boden, *bumm!* Die Hände fielen mir von den Armen und die Füße von den Beinen, und alles kullerte über den Boden. Blauschuh und ich schaukelten wie Mose im Schilf, wie die Babywiege, wie Stiefel auf Sack, wenn ich durch den Spalt lurte. Dann brach die Babywiege in zwei Teile, ich schmeckte meinen Stiefel und meine Sack frisch im Mund, und ich boxte Blauschuh mit Wucht aufs Auge und dann in die Zähne.

Er wollte aufstehen. Ich zog ihn wieder herunter. Mein Mund war nass, voll Tränen und klumpiger Kotze. Mitten hinein in Blauschuhs erschrockenes Auge sah ich, und dann spuckte ich. Blauschuh sprang auf, so flink wie die flinke kleine Maus, die in ihr Loch in der Wand zurückflitzt. Er zog seine Hose hoch. Die Schlange glitt von seinem Arm und verschwand unter der Tür zum Gang. Blauschuh zitterte wie grüner Wackelpudding im Schälchen. »Wir müssen zurück.« Ich folgte ihm zum Schlafsaal. Norma saß in ihrem Bett, ihr Gesicht sehr weiß, ihre Augen sehr groß. Ich schickte ihr ein Bild von mir in einem Boot. Das Boot schaukelte auf dem stürmischen Meer. Ich segelte auf die Küste zu, wo Norma auf mich wartete. Da legte Norma sich hin, und ich kroch in mein Bett und schlief ein.

Der Blauschuh sah mich am nächsten Tag nicht an. Nicht im Rauchzimmer, nicht im Hof draußen, nicht im Speisesaal. Blauschuh war Maus, die so tat, als hätte sie ein Loch zum Verstecken, Blauschuh war Stiefel, der so tat, als hätte es den Nachtbesuch nie gegeben, und überall hinsah, bloß nicht mir in die Augen.

Heiße Tropfen liefen mir unter den Haaren heraus und übers Gesicht; heiße Tropfen in meinen Augen machten mich blind. Heiße Tropfen liefen mir über den Rücken, unter den Armen hervor, die Beine entlang. Ich zitterte, ich konnte nicht stehen. Jesus schlug seine Trommel in meinem Kopf. Ich kotzte auf den Knien draußen im Hof. Ich kotzte im Waschraum, wo ein Blauschuh mich abwusch. Ich kotzte, als Schwester Clegg und ein Blauschuh mich in die Krankenstation brachten und einsperrten. Ich kotzte grün, und dann kotzte ich nur noch graue Luft und Hitze. Nadeln bohrten sich in mein Gebein, und die Welt verwandelte sich in ziehende Wolken. Da, wo die Wolken am dicksten waren, packten die Riemen zu.

Du keuchst mit weit geöffnetem Mund – das ist *Lachen*, dieses Geräusch! Das ist Teufelssprache, in der du redest. Es ist das lauteste Lachen, das du je gelacht hast, dein Mund ist das Loch, zu dem es herauskommt, aber seinen Sitz hat es in deinem Körper. Dieses Lachen macht deinen Körper *lang kurz lang kurz*, dieses Lachen tut dir weh, aber kannst du deshalb aufhören? *Nein!* Dieses Lachen macht, was es will, dieses Lachen ist größer als du. Es ist größer als dein Krankenbett mit dem grünen Bettzeug, größer als das Krankenzimmer, in das Schwester Clegg dich gesperrt hat, größer als die Cott Road Eins und die dunkle Straße. Dieses Lachen ist das Lachen zum Weltende; dieses Lachen ist das letzte Lachen.

Das Lied dröhnt laut durch deinen Kopf, Worte, die sich immerzu wiederholen, liebliche Worte wie Glockenklang. »*I danced on the Sabbath when I cured the lame, The holy people said it was a shame; They whipped and they stripped and they hung me high; And they left me there on a cross to die.*« Deine Füße glühen. Die Glut steigt von den Füßen hoch in deine Beine und weiter in deine Mitte. Deine Mitte wird heißer *heißer*, Hitze strömt überall hin – Hester, Mädchen, du stehst in Flammen! Das bist du in dem roten Holzofen, du, die verbrennt, du, der aus Fingern und Zehen und Zunge Feuer und Flammen schlagen, während du schreist *mehr Holz mehr Holz!* Jetzt bist du mit dem Brennen an der Reihe, wie Baum, wie Axt, wie Kochlöffel. Gottvogel und Jesus schauen zu. Sie warten ab, ob du zu ihnen kommst, in die Ewigkeit.

Durch dein Lied hindurch hörst du kühle Stimmen. Die Stimmen bringen dich in ein neues Zimmer, sie wickeln dich in Laken wie grünes Wasser, aber du kühlst nicht ab, *nein nein*. Du brennst weiter! Du bist zu heiß für sie. Die kühlen Stimmen versuchen dich zu berühren, und du brennst ihnen kleine rote Spinnen auf ihre Arme und Gesichter. Du brennst eine lange Zeit, *brennst brennst brennst*, bis die Welt zu Asche verglüht.

Gottvogel stieß herab, er landete auf dem Ast eines schwarzverkohlten Baums. Er streckte mir seinen Flügel hin. Ich wollte aufsteigen, da öffnete er den Schnabel und sagte: »Denk dran, du hast dein Wort gegeben.«

Mein Wort schwebte vor mir her wie ein Drachen, ein Drachen aus goldenem Stoff. Es malte Achter in die Luft, es verwandelte sich in eine Frage und wieder zurück in einen Drachen. Ich griff nach der Schnur, und ich stieg auf über die Welt, und alle Leute schauten hoch, um mich fliegen zu sehen. Während ich über den Himmel flog, getragen von meinem Wort, sah ich Normas Gesicht, und ich sah eine Träne darauf, und Hoffnung. Hoffnung war Jesu Geschenk an die Gottlosen.

Ich lag nicht mehr im Bett, ich saß im Rauchzimmer. Ein Teil von meinem Sündenberg war auf dem Krankenbett geblieben, ein Teil an den Händen des weißen Kittels, der Nadeln in mich gebohrt und mir gesagt hatte: *Du wirst leben*. Mein grüner Anzug schlackerte an mir, als ob ich ein leerer Mantel im Kleiderschrank wäre. Ich saß an die Wand gelehnt. Norma kam zu mir. Sie weinte. »Was war mit dir? Wo warst du plötzlich hinverschwunden?« Ich hatte nicht genug Kraft in den Knochen, um mich zu rühren. Ich konnte nicht mal das Stöckchen halten und rauchen. Die Wand stützte mich. Norma gab mir einen Stoß vor die Brust. »Wohin bist du abgehauen? Du hast gesagt, du gehst nicht weg!«

Ein Blauschuh kam herüber und drängte Norma zurück an die Wand. »Ganz ruhig, Norma. Sie war krank.«

Norma atmete schwer, ihr Körper saugte sich in schnellen Stößen mit Luft voll und leerte sich wieder. »Bist du krank geworden?«, wollte sie wissen. »Wirklich? War es deshalb?«

Ich suchte über Normas Kopf nach schwarzen Vögeln. Es waren keine da. »Ich habe mein Wort gegeben«, sagte ich ihr, und ich lächelte mein breitestes Lächeln. Normas Körper stieß die Luft aus, langsam, und dann lehnte sie sich an die Wand und nahm meine Hand.

Wir gingen um den Hof, als Norma mich anhielt. »Mein Bruder hat gestern Abend angerufen. Er hat wieder gefragt, ob ich nicht kommen und bei ihm wohnen möchte. Er würde sich um mich kümmern.« Wir lehnten am Gitter und schauten hinaus auf die grüne Welt dahinter. Das Gitter zerschnitt die grüne Welt in kleine Stücke. »Ich glaube, jetzt könnte ich es, Hester. Der Teufel kommt nicht mehr, du hast ihn vertrieben. Er ist weg.« Sie hakte die Finger durch die Löcher und zog. »Ich meine, wenn ich wollte, dann könnte ich es.«

Es war sehr lange still. Ich machte die Augen zu, und ich sah Normas frohes Gesicht neben einem Fluss voll schnellfließendem Wasser, dem keine Mauern von Renton sagten, wo Schluss war. Ich holte Atem, ganz tief in mir drin. »Du kannst gehen, Norma«, sagte ich.

Sie drehte sich zu mir um. »Aber ich würde nie ohne dich gehen. Das weißt du. Ich würde nur gehen, wenn ich dich irgendwie mitnehmen könnte.«

»Norma, du kannst gehen.«

Norma fing zu weinen an. »Aber ich würde einen Weg finden, dass du mitkommen kannst. Auf jeden Fall.«

»Du kannst gehen und bei deinem Bruder am Fluss leben. Der Teufel ist weg, und er kommt nicht zurück.«

»Aber …«

Ich nahm ihre Hand. »Ich komme schon klar – du kannst gehen.«

»Ich hab dich lieb, Hester.«

In dieser Nacht in meinem Bett zog ich die Arme unter der Decke hervor und malte in die Luft über meinem Kopf Bilder von Normas Bruder in seinem weißen Wagen. Flügel wuchsen zu den Seiten des Wagens heraus, gleich unter den Fenstern. Normas Bruder kreiste damit über dem Dach von Renton. Ich malte Pebblinghaus, wie sie auf den Kiesweg gestürzt kam und in die Höhe schaute und auf Harrison zeigte. Alle Blauschuhe rannten zu Pebblinghaus und stellten sich um sie herum. Sie hatten Teetassen auf den Köpfen. Schwester Clegg goss rosa Tee in die Tassen. Die Blauschuhe beugten sich vor und tranken beieinander, und dann schliefen sie im Stehen ein, und Normas Bruder fuhr mit dem Wagen zur Tür von Renton herein. Norma stieg ein und winkte mir noch einmal, und dann flogen sie und ihr Bruder in dem Wagen davon, dass seine Räder blitzten von Lichtern.

»Leb wohl, Norma«, sagte ich zu dem Bild, das in der Dunkelheit über meinem Kopf hing. In meiner Kehle war ein Stein.

Wir saßen im Spielezimmer. Die Frauen schauten in den Zauberkasten. In dem Kasten waren Soldaten eingesperrt, die einem Ball nachliefen. Manche fielen um, und da lachten die Frauen. Norma lachte auch; ihr Gesicht war eine Blume. In mir war kein Lachen. Dort in dem Kasten war eine Welt ohne Norma.

Schwester Clegg kam im Hof zu uns. »Du hast Besuch von deinem Bruder, Norma.« Norma zog mich an sich und hielt mich so fest, dass ich ihr Herz durch ihr dünnes Hemd an meiner Brust spürte. Es war die lebendige Norma. Sie hielt mich, und dann ließ sie mich los. Ich sah ihr nach, wie sie Schwester Clegg nach drinnen folgte.

Ich setzte mich auf den harten Boden. Ich lehnte den Kopf an das Gitter hinter mir und machte die Augen zu. Ich suchte nach Mustern hinter meinen Lidern, aber da war nichts, kein Licht, keine Dunkelheit, nur Leere – dieselbe Leere wie in dem Fischkopf, wenn man das Auge herausbohrte. Man kam ihr nicht auf den Grund. Ich weiß nicht, wie lange ich dasaß – eine Stunde, einen Tag, achtzehn Jahre? Ein Fuß stieß meinen an.

»Aufstehen, rein mit dir.« Schwester Clegg schaute streng auf mich herunter.

Ich saß im Spielezimmer vor dem Zauberkasten. »Würdest du mit mir mitkommen? Ich hab alles mit Harrison besprochen. Wir können dich hier rauskaufen. Ich kümmere mich um dich. Wenn du nicht mitkommst, gehe ich auch nicht.« Es war Norma.

Ich fing zu weinen an. Es war ein lautes Lebendigkeitsgeräusch. Norma legte beide Arme um mich. »Ich hab dir doch gesagt, ich finde einen Weg, Hester. Harrison will Pebblinghaus das Geld anbieten, das er für das Haus von meiner Mutter bekommen hat, damit sie dich mit uns mitkommen lässt. Er sagt, mit einem warmen Regen kann man aus Pebblinghaus so einiges rausholen, und dich gleich dreimal.«

Ich lag im Bett und sah meinen Bildern zu, wie sie auf raschelnden, schwirrenden Papierflügeln durch den Schlafsaal flatterten. Als sie zur Ruhe kamen, wurden sie Wände für ein Papierhaus für Norma, Harrison und mich.

Wir saßen in dem Zimmer vorne beim Eingang. Normas Bruder würde bald hier sein. Norma hatte einen Koffer, aber ich hatte nichts. Ich hatte das Kleid an, das ich auch angehabt hatte, als ich nach Renton gekommen war. Es war mir zu groß geworden; ich hing klein zwischen seinen Falten. Norma sah ängstlich aus; sie hielt mich fest, als könnte ich sonst durch die Falten davonschlüpfen.

Die Lehnen an unseren Stühlen waren hart. Pebblinghaus saß hinter ihrem hohen Tisch, aber sie sah kein einziges Mal in unsere Richtung. Sie war zu beschäftigt damit, ihren Garten mit dem warmen Regen zu begießen, den sie von Harrison bekommen würde. Die Uhr über dem Tisch tickte laut, während ihre Zeiger vorrückten. Keine von uns rührte sich.

Ein Mann trat durch die Tür. Norma rannte auf ihn zu. »Harrison!« Sie sprang an ihm hoch. Er fiel beinahe hintenüber. Er stellte sie auf den Boden. »Das ist Harrison«, sagte Norma. Harrisons Gesicht versteckte sich hinter lauter Haaren. Zum Teil grauen Haaren, zum Teil roten Haaren und zum Teil braunen. Er lächelte. Er hatte eine Zahnlücke wie Norma, nur auf der anderen Seite. Seine Augen hatten die Farbe von Blättern im Herbst.

Pebblinghaus hinter ihrem Tisch sagte: »Auf Wiedersehen, Norma.« Sie tat so, als könnte sie mich nicht sehen, sie hielt mich nicht vom Gehen ab.

»Komm, Hester«, sagte Norma. Ich wusste nicht, wo es hinging. Ich ging mit Norma, das war die Hauptsache. Ich hatte mein

Wort gegeben. Ich folgte Norma und Harrison zum Wagen. Diesmal war es ein brauner mit einem Werkzeugkasten hinten drauf.

Wir setzten uns alle drei auf die Vorderbank. Als Harrison saß, stülpte er sich einen Hut mit lauter Löchern über den Kopf und krempelte die Ärmel an seinem Hemd hoch. Auf seinen Armen waren Bilder von einem Anker und einem Boot, aber das Boot steckte nicht in einer Flasche. Es fuhr auf dem Meer, und aus den Wellen neben dem Boot sprang eine Frau mit einem Fischschwanz. Das war Lots Weib; sie war auf den tiefsten Grund des Meeres getaucht, wo alles salzig war, und jetzt war sie zur Hälfte ein Fisch und konnte schwimmen und winken. Harrison sah, wie ich sie anschaute. »Das ist Lillian. Meine Glücksfee. Tja, sieht so aus, als ob sie ihren Zweck erfüllt hätte – Norma kommt wieder nach Hause. Sie sagt, sie würde nicht heimkommen, wenn du nicht wärst. Das heißt, ich stehe bei euch beiden in der Schuld.«

»Und das, wo wir unser ganzes Geld los sind«, sagte Norma mit einem Lächeln bis an die Zahnlücke. Sie hatte ihren Arm durch seinen geschoben. Lillian die Glücksfee schwamm durch die Straßen, die in Normas Arm geschnitten waren.

»Dafür haben wir ein Zuhause«, sagte Harrison.

Wir fuhren weg von Renton. Der Wind blies zum offenen Fenster herein. Hohe Bäume auf beiden Seiten winkten mit ihren Silberblättern. Die Sonne schien aus ihrem großen Haus herunter. Wir redeten nicht, aber wir schickten durch die Schnüre zwischen uns Bilder hin und her. Harrison schickte mir eins von ihm und Norma, als sie klein waren. Sie aßen Maiskolben und planschten im Wasser. Ich schickte Norma eins von mir und Mary am Rand der Pfütze, und Norma schickte mir und Harrison ein Bild von sich in Renton, wie sie die Straßen an ihren Armen studierte und nicht weiterwusste. Ich drehte mich um und schaute, ob ich mich selber am Gitterzaun sehen konnte, aber Renton war schon zu weit weg.

Der Wagen fuhr mit uns, bis aus dem Tag Abend wurde. Die

Sonne sank in ein Bett aus leuchtendem Orange. In das Orange waren schwarze Schlieren gemischt, so wie schwarze Farbe sich durch ein rotes Bild zieht. Norma schlief, mit dem Kopf erst an meiner Schulter, dann an der von Harrison, dann wieder an meiner. Harrison hielt zwischen lauter anderen Wagen, vor einem Gebäude so hell wie Renton. Er sagte: »Ihr Mädels könnt aufs Klo gehen, ich besorg uns solange was zu essen.« Ich folgte Norma zu den Toiletten. Es waren keine Blauschuhe da. Ich fragte Norma, ich sagte: »Wo sind die Blauschuhe?« Sie sagte: »Die Zeiten sind vorbei.« Als Harrison zum Wagen zurückkam, hatte er rosa Bonbons und Kekse mit Schokolade und einen flachen Kuchen dabei. Wir aßen alles beim Fahren. Süßigkeit füllte mich aus. Ich war ganz aus Licht. Die Ewigkeit wohnte in mir, und sie hatte keine Wände, keinen Boden, keine Decke. Sie war dunkel wie die Nacht und hell wie die Sterne, und sie hing voller Stifte zum Malen.

Als am Morgen die Sonne wieder herauskam, waren wir in dem Wald, von dem mir Norma im Waschraum in Renton erzählt hatte. Norma reckte sich und gähnte. »Sind wir bald da?«, fragte sie.

Harrison sagte: »Das fragst du, seit du fünf bist.«

»Und, *sind* wir bald da?« Norma rieb sich die Augen.

»Nur noch den Weg hier entlang.«

Der Wagen ruckelte auf und ab beim Fahren. Der Weg war aus kleinen Steinen und Erde, und er wurde immer enger. Baumäste kratzten an den Fenstern. Wir sahen einen Vogel mit Federn, die an den Enden hochgebogen waren. Der Vogel pfiff. Harrison sagte: »Das ist mein Freund Douglas. Er ist ein Leierschwanz. Wenn ich es schaffen würde, ihn einzufangen, könnte ich auf seinem Schwanz ein Lied spielen.«

Harrison hielt vor einem Haus aus Holz an. Es hatte dieselbe Farbe wie die Bäume rundherum. Ein Hund kam heraus. »Das ist Harvey«, sagte Harrison. »Wir waren jetzt ziemlich lang unter uns, Douglas, Harvey und ich. Wir sind keine Damengesellschaft mehr gewohnt. Ihr werdet uns Manieren beibringen müssen.« Er lächelte uns wieder mit seiner Zahnlücke an, und dann bückte Norma sich, und Harvey leckte ihr das Gesicht ab.

Harrison führte uns ins Haus. In dem Zimmer stand ein langer Holztisch. Er bog sich vor lauter Sachen: Orangen, Kerzen, Teetassen, Zitronen, Aschenbecher und dazwischen Stifte und Papier. Kein Stuhl um den Tisch sah aus wie der andere. Das Fenster an dem einen Tischende war ein Bild aus buntem Glas – Christus, wie er dem Jäger in Blau und Lila vergab. Der Jäger kniete vor ihm, und sein Speer war gesenkt. Spinnweben hingen in den Zimmerecken, und auf allen Simsen lag Staub. Die Sonne zeigte, wie er in der Luft trieb. Harvey sprang auf einen großen braunen Stuhl, wo er zwischen einem Hut und einem Buch saß. An den Wänden waren Bilder mit Bächen und untergehenden Sonnen und Pferden darauf. Jemand hatte sie mit bunten Stiften gemalt.

Harrison füllte einen Kessel voll Wasser. »Ich hab alles hier selber gebaut, deshalb gibt's nicht sehr viel Komfort. Aber ich hab euch Betten hergerichtet. Ihr zwei müsst einfach sagen, was wo hinsoll.«

»Du hast so viel gemacht, Harrison. Es sieht super aus. Und so viel Platz!« Norma sah sich um. Sie nahm einen Teller vom Tisch und stellte ihn wieder hin. Dann nahm sie einen schmutzigen Topf in die Hand, stellte auch den wieder hin und fing an zu weinen. Ich weinte auch, sogar Harrison weinte. Harrison schaute weg und schnäuzte sich in ein Taschentuch. Norma schaute nicht weg, und ich auch nicht. Harrison drückte Norma an sich. »Jetzt ist es vorbei. Diesmal kümmere *ich* mich um *dich*. Überlass alles nur mir.«

Norma machte sich los. »Komm mit, Hester.« Sie sah mich die Stifte anschauen. »Du kannst nachher Stifte haben, so viele du möchtest, oder, Harrison? Komm jetzt, komm mit mir mit.«

Ich folgte Norma aus dem Haus, das Harrison gebaut hatte. Am Ende des Gartens war ein rostiges Tor, das aus Spitze gemacht war und keinen Zaun rechts oder links hatte. Norma lachte, als sie das Tor öffnete, und wir traten hinaus in einen Wald. Bäume kamen nahe heran, rote Vögel flogen herab, am Boden wuselte es von Käfern, Würmern, Fliegen. Der Wind sang mit den Vögeln zusammen. *Halleluja, tanzt, o tanzt!* Jemand spielte auf Douglas' blauem Schwanz Lieder. Es war das verbotene Freie.

Norma lief vor mir den Pfad entlang. Ich folgte ihren nackten Füßen über Erde und herabgefallene Blätter. Die Sonne schien heiß auf meine Schultern. Ich sah hoch in den leeren blauen Himmel. Er nahm kein Ende, und ich war ein Teil von ihm.

Dann hörte der Wald auf, und vor uns lag der Fluss. Er war wild und sprudelnd und voller weißer Schaumbläschen. Der Fluss lachte beim Dahinrauschen, das machten die grünen Stricke aus Zweig, die von den Seiten hereinhingen und seine sprudelnde Oberfläche kitzelten.

Norma und ich zogen unsere Kleider aus. Unsere Körper leuchteten. Wir stiegen ins Wasser. Ich spürte es kalt an meinen Beinen und dann kalt an meinem Bauch. Die Kieselsteine unter meinen Sohlen waren glatte Buckel. Norma tauchte unter wie Johannes der Täufer. Ich tauchte auch unter. Wasser rauschte über meinen Kopf. Ich machte die Augen auf, und Harrisons Glücksfee schwamm mir entgegen. Sie berührte mein Haar. Ich kam wieder hoch in das warme Licht. Norma schnellte wie ein Fisch. »Ich hab dich lieb, Hester!«

Wir lagen am Ufer, die Erde unter unseren Rücken und Beinen sandig und kühl. Die Sonne trocknete unsere Haut. Ein Käfer mit grünen und rosa Kringeln auf den Flügeln krabbelte über meine Hügel zur drüberen Seite und flog davon ins Schilf. Wir setzten uns auf und ließen die Zehen ins Wasser baumeln. Norma nahm mein Kleid und legte es mir um die Schultern. Sie zündete zwei Zigaretten an. Die Feuerstöckchen knisterten, als wir den Rauch in uns hineinsaugten. Als wir ihn wieder herausließen, plusterte er sich um unsere Gesichter und zog dann über unsere Köpfe weg, flocht langsame Spiralen um die Baumstämme und stieg aufwärts, hoch über das Haus, das Harrison gebaut hatte, und den Fluss und den Wald, zur Sonne und weiter bis in die Ewigkeit.

Es wird aber des Herrn Tag kommen wie ein Dieb.

*2. Petrus 3, 10*